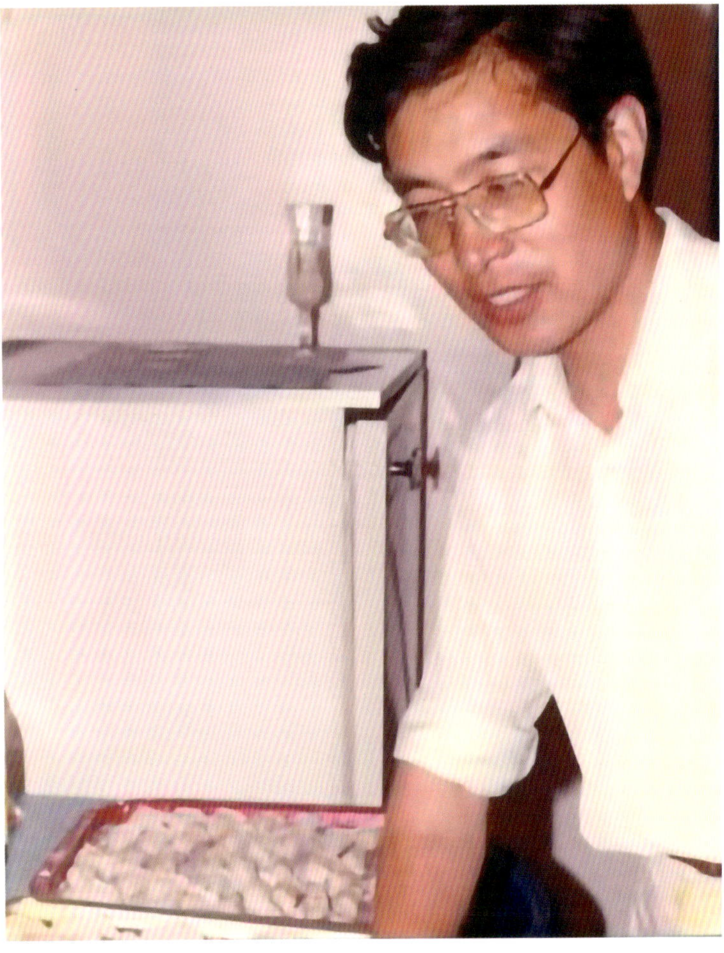

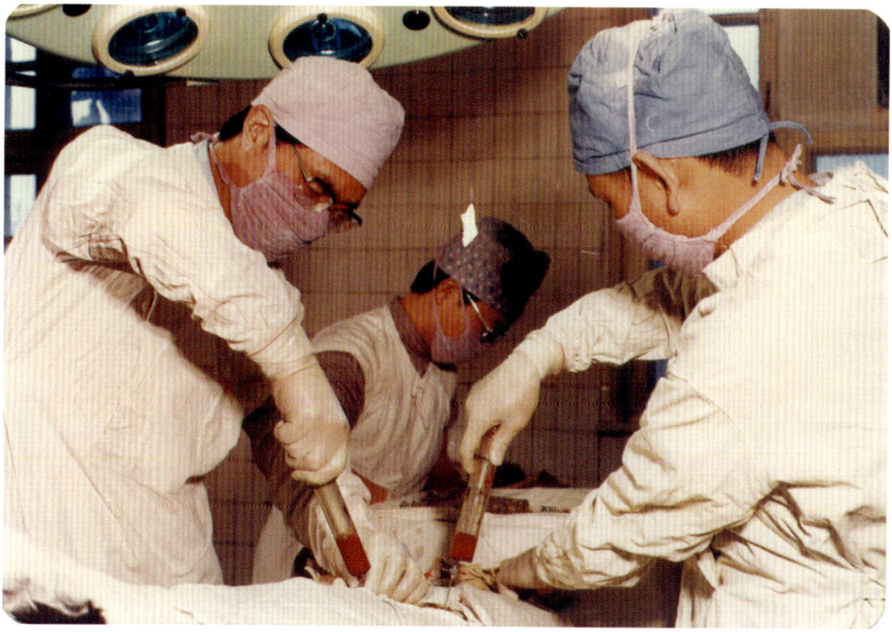

ISEH
89

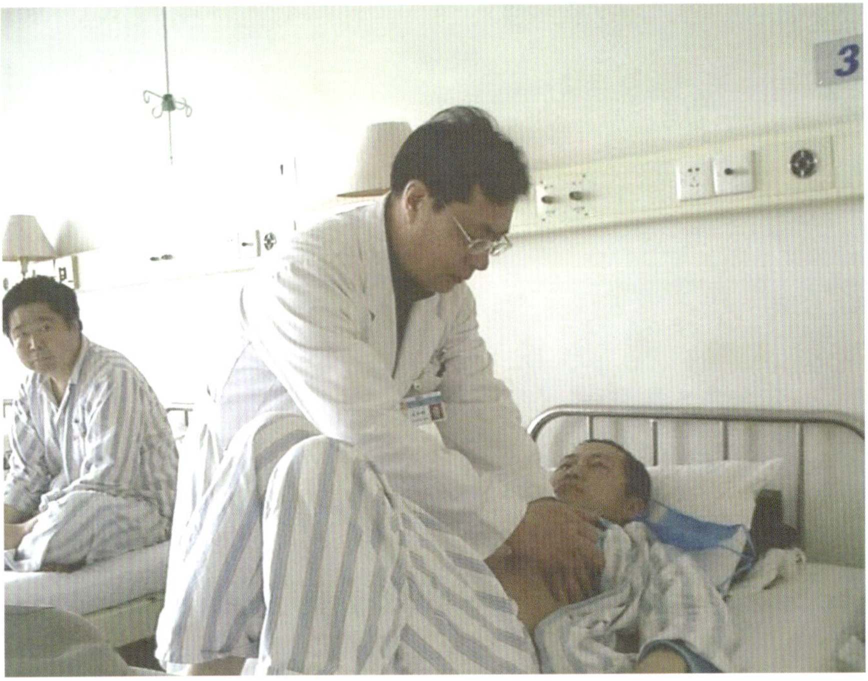

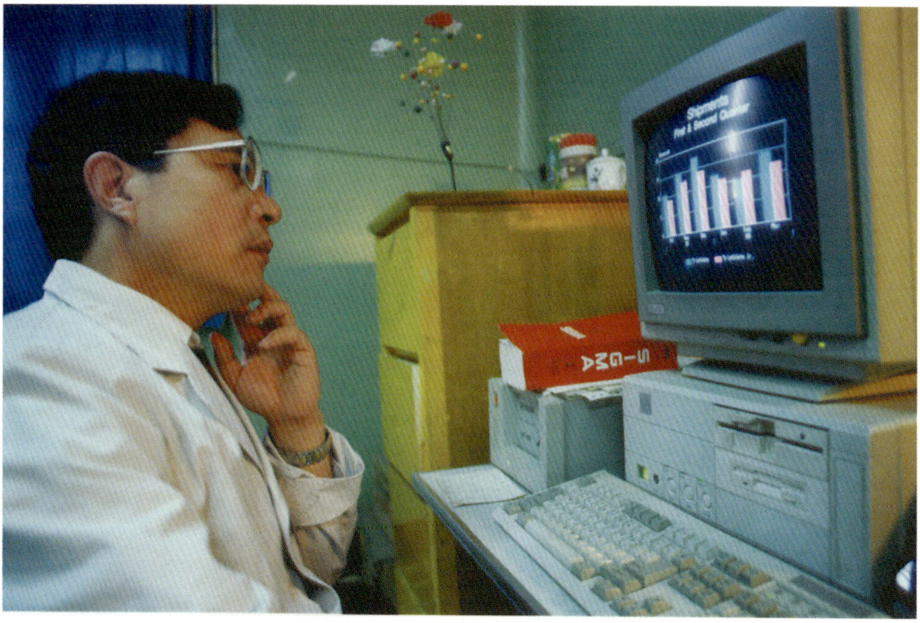
Shipments
First & Second Quarter

48th ASH
Annual Meeting
and Exposition
AMERICAN SOCIETY OF HEMATOLOGY

外化于行，
心的理念内
就是要坚定

在党50年"
念章颁发

ERHERME

白云悠悠

达万明诗词集

达万明◎著

人民东方出版传媒
東方出版社

序 云在青天水在瓶

我每天都会接触到许多作者投稿，一次看到一位笔名叫白云悠悠的作者投稿的几首诗词时，眼前一亮，其清新舒朗、朴实无华的文风，像一股清流让我耳目一新。看了他的个人简历后，更加令我钦佩敬重，他就是身兼军人、医生、文友三重身份的达万明先生。

先生出生于甘肃的小山村，磨炼成长在军营，报效在医学领域，游弋在文学天地。无论是在川西的密林深处，还是在黄沙弥漫的戈壁；无论是在人烟稀少的雪域高原，还是在繁华喧闹的都市，都留下了他奋斗拼搏的人生轨迹。也许正是少年立志，军旅磨砺，才孕育和造就了他坚韧不拔、敏而好学的优秀品格。他从军56年，在医学领域取得了令人瞩目的诸多成果，退休后的他，不负韶华，另辟蹊径，找到了一条回归本真、自我提升、安度余生的心灵之路，开始尝试诗词写作。

中华诗词是世界上最古老、最独特的文学表现形式，是中国文化的精髓。它源远流长，积淀深厚，以高度凝练的语言，丰富的想象力、强烈的节奏感和韵律的美感，成为人们反映社会生活，抒发思想情感的一种文学表达形式，其独特魅力受到许多文人贤达的青睐，达万明先生更是对其情有独钟，爱不释手。唐代韩愈诗云：“人之能为人，由腹有诗书。”梁实秋先生说过：“作为一个地道的中国人，有些书是非读不可的。这与行业无关。理工科的，财经界的，文法门的，都需要一些蔚成中国文化传统的书。”先生精读了许多古诗词格律理论及古典文学名著，开心明智，笔耕不辍，潜心研习诗词创作，提升古典文学修养，安栖于寄语心灵的宁静港湾和精神家园。

笔下有天地，诗中寄美好。无论是骏马、秋风、雪域，还是杏花、春雨、海南，在先生眼中，生活处处有诗意，有道不完的赤子之情，有忘不掉的军旅岁月，有品不尽的亲情往事，有赞不完的青山绿水，有数不清的心灵感动。先生这本诗词集，共分时光记忆、时序感怀、胜景欣赏、世事精彩、感事颂歌、自然物华、暖阳春韵、金秋抒怀、诗画风情、繁华敬陈十个章节，以不同视角记录了对祖国盛世的歌颂、军旅生涯的感悟、亲情友情的留恋和秀美山河的热爱。诗词既有“荒荒油云，寥寥长风”的雄浑，又具“明月松间照，清泉石上流”的清新，每一首诗词，都反映了他对生命最真实的理解和对生活的热爱，迸发着人性的真善美。诗词集无论在思想、意境，还是技巧和艺术形式方面，都达到了较高的造诣，有较强的文学价值和现实意义。

先生的诗词，体现了豪情壮志、豁达雄浑的家国情怀和思想高度。在《高考喜报》诗歌中写道：“明媚秋光打麦场，飞车送喜满村光。绿营高校聚重庆，寒室当年始炜煌。慈母兄长劳瘁苦，尊师校友谊情长。韶华奔放乡山出，报效国家从始创。”表达出先生苦读寒窗，不负亲人众望，实现大学梦想，开始军旅生涯报效国家的喜悦之情。在《满江红·八一怀旧》词中写道：“酷爱戎装，忠使命、军魂闪烁。追往昔、入渝军校，业从医学。京校沪研修与造，澳洲法国求和搏。可西里、践行卫勤艰，攀高跃。创精术，钻深略。精学队，丰书博。临床监治重，护医兼学。桃李硕盛林杏吖，余生雅兴诗篇酌。鬓已秋、夕照焱霞空，怡欣获。”字里行间流露出军人的使命担当和医者的大美风范。在《青玉案·颂航天伟业》词中写道：“浩茫苍宇奇无尽。月宫庆，娇娥震。落月红旗悬国印。……自力更生富强振。北斗天宫星际垦。核心独主，中华科阵。问鼎全球稳。”喜贺长征五号发射成功，深为国家科技兴国、航天伟业而自豪。

诗词集生动展示了先生只问真情，感受美好，以景抒情，达到“内美”与“修能”兼具的人生态度和艺术境界。国学大师王国维说：“能写真景物、真感情者谓之有境界，否则谓之无境界。”先生写景物、抒真情，以敏锐的艺术感觉捕捉生活中的细节，用理性的思维将真情实感的心境融入到自然物境中，进而引发读者心灵的共鸣。在《鹧鸪天·沧桑——参观周口店北京人遗址有感》一词中写道“盘古开天破鸿灵。天渊众物衍繁生。……喜哀怒乐尘和幻，名利贪誉断莫争”以及诗歌《白云悠悠》“碧穹万里荡悠悠，东北南西无所求。瞻望风和波浪静，笑谈日丽月光幽。祁连闲检千年雪，琼海时观百世丘。喜择佳期心旷逸，漫空聚友润寰球”中的词句与诗句，先生触景生情，以景抒感，表达了对祖国山河的热爱、与自然和谐相融、不为名利所动、触摸真性本心的生活态度和人生追求。

先生的诗词在力求诗词意境美感的同时，严格遵循诗词格律，体现了他严谨治学的文风和气宇风骨。诗品即人品，先生的每首诗词，都严格按照格律进行创作，对每个字、每句话精琢细研，其疏朗明快的格调，清新宁静的气息，深邃写实的意境，构筑了一个丰富的精神世界，使他在无限的遐思中尽情绽放情感。他的诗词并非个人的自娱自乐，而是以诗传递美好情境，以诗感染熏陶读者，以诗给人以鼓舞的力量，他良好的文学修养根植于文化土壤中，在每一首诗词中发酵、升华，勃发出人间大爱与力量元素的光芒。

时光煮雨，岁月缝花。诗词集中的每一首诗词，记录了先生走过的每一段心路，他独守一份宁静归真的品质，用温暖的辞藻在心湖中，开出了别样的花朵，芬芳并安暖着余光温润。通过体味先生的诗词，可以看出他无时不在触摸和展露着最真实的自己，他在诗意的清宁灵真中活出了儒雅和风度，活出了自己想要的岁月静好。

白云悠悠在天，净水潺潺在心。无论世事如何变幻，唯一不变的是他来自内心纯净的颜色。这既是先生真实的人生写照，也是我对他的真实感受。

值此先生新书付梓，深表祝贺，谨以为序。

红玉（中国诗歌学会会员、河北作家协会会员）

2021 年 3 月 10 日

目录

contents

壹 | 时光记忆 003

贰 | 时序感怀 029

叁 | 胜景欣赏 079

肆 | 世事精彩 111

伍 | 感事颂歌 153

陆 | 自然物华 175

柒 | 暖阳春韵 203

捌 | 金秋抒怀 215

玖 | 诗画风情 227

拾 | 繁华敬陈 257

乡缘

偶遇故友
携友郊游
回家过年
忆少年
临江仙·怀念母亲
喜迁莺·农场情深
东风第一枝·专业之道
齐天乐·极限挑战
鹧鸪天·京城深造
鹧鸪天·客座悉尼
鹧鸪天·巴黎追梦
清平乐·奋翔京华
满江红·八一怀旧
珠帘卷·思故乡
如梦令·友聚
定西番·遇故友
殿前欢·友聚

壹 时光记忆

家
伏夏游记（六首）
江南行（四首）
杨柳枝·四月关东行（七首）
忆韶华
友聚情
邀友夜品茗
同学聚会
高考喜报
大学梦
云雾山上
兵营锻炼
校园情怀
专业启程
上海研修
创新程
怀故
梦回故里
友聚呆呆岛
乡情

家

明月银光云空洒，山川江海素风华。
远西故地京城宅，琼岛新居亦是家。

伏夏游记（六首）

（一）出发

晨离京邑碧空远，浩旷山川脚下烟。
瞬间豫渝高峡过，滇池锦绣醉花边。

（二）航飞

云霄飞渡静悠闲，舱内餐香轻乐漫。
乘务丽姝热勤待，转时米线观楼餐。

（三）温泉度假

龙山青翠白云绕，凤岳葱幽溪水遥。

屋后螳河涛汹涌，独香碧玉液风浇。

（四）逍游

千峰叠秀石林奇，浩瀚滇池烟浪晖。

大观楼旁荷翠凝，陆军讲武觅英归。

（五）碧玉温泉

远眺凭栏螳水涛，窗含凤岭雾云俏。

摩崖诗赋耀千秋，太液天恩碧玉妙。

（六）秋归

暑去秋来岁月稠，满空香桂雅清幽。

茫茫广宇月高洁，宾至京城静养休。

江南行（四首）

（一）启程

春晨去浙沐清风，结伴航飞迎旭东。

京邑樱珠[①]花正绽，江南桃蕊可盛红？

（二）宾聚

宁波微雨洗征尘，客悦真情聚迎宾。

翠岭奇峰仙雾绕，疑迷瑶界醉归人。

① 樱珠：一种樱桃。

（三）逢友

题记：2021 年 4 月 15 日，时隔 52 年，我与宁波的大学同学在月湖岸石浦大酒店相聚，忆当年峥嵘岁月，话离别艰苦卓绝，人生苦短，感慨万千，留言纪念。

故友相逢聚岸楼，天涯半世各春秋。

举杯醇厚香悠远，怎及祈安慰语稠。

（四）喜归

四明山秀艺松盛，三隐潭春灵水情。

枫艳杜鹃花彩绮，来年再约粉桃英。

杨柳枝·四月关东行（七首）

（一）京城环路

宽道轻车逐浪流，侧杨垂柳退高楼。

日斜已达秦皇岛，霓虹清风海岸幽。

（二）山海关

春晓苍凉古道延，险峰山海峡孤烟。

锦州域外群山翠，远客追云铁岭寒。

（三）本溪小市

峦嶂松林叠翠稠，小河潺曲客舟悠。

半山错落红楼墅，雾起幽园皎月柔。

（四）老边沟

溪水湍流入静潭，索桥云栈乳峰岚。

映山几数红崖俏，倒映云天水泊含。

（五）农贸市场

车拥人挤巷道东，旺荣商贸广场隆。

果蔬日杂粮油货，野菜山珍最召瞳。

（六）思山岭

晨雾腾升绕秀峰，驱车青翠叠峦中。

峻桥隧道宏通畅，突见高楼峡谷红。

（七）京哈高速

霖雨绵绵沃野朦，畅宏高速驶流通。

八方轿客游关外，轻惫归途喜乐融。

忆韶华

遥忆韶华军旅路，精忠使命写春秋。
无情最是光阴逝，追梦征途已白头。

友聚情

学友文昌颂卉芳，同窗关外赞清凉。
等闲全国朋欢聚，各述天涯日月光。

邀友夜品茗

夜前庭院好风凉，贵客楼台品茗香。
正是中旬明月亮，茶兴句句话还乡。

同学聚会

同学韶华绿校休，天涯半世各春秋。
不须面见唠当旧，屏聚眉霜笑锦楼。

高考喜报[①]

明媚秋光打麦场，飞车送喜满村光。
绿营高校聚重庆，寒室当年始炜煌。
慈母兄长劳瘁苦，尊师校友谊情长。
韶华奔放乡山出，报效国家从始创。

① 1965年7月，完成了艰难的小中校学习，经过紧张的全国高考，作者收到了军校录取通知书。当时报考军校是保密的，且优先录取，接到通知后录取学校是个数字代码，作者还不知道具体校名和专业，但肯定的是作者是全村乃至全大队全公社第一个大学生，因此全村都沸腾了。后来作者才知道这所学校是具有光荣革命传统的知名医科大学，和作者原先理想和填报志愿的大学及专业完全不同，也许是命运的安排，从此开始了作者的军旅生涯。

大学梦

绿车秦岭迎渝葱，戎校红星大学梦。
晨旭初芒军号响，晚霞西落熄灯通。
紧张作息朝华践，严肃教堂互结风。
丘谷山城桥彩绚，士生志向杰英崇。

云雾山上[①]

峭壁幽崖无宿烟，丛林深处雾悠漫。
披荆斩棘开新路，藤木茅房驻扎宽。
夜黑急行岩峡陡，雨淋暗伏隘溪湍。
党旗前面宣忠志，奋斗尽心家国安。

① 1965年8月，刚高校入伍，作者便到四川省璧山县云雾山上中国人民解放军第五十四军连队锻炼。这里山高林密，人烟稀少。地貌特征类似当年抗美援越的越南战场。很明显到这里锻炼、野营是有针对性的行动。其间，作者光荣地加入了中国共产党，开始了军旅实战历程。

兵营锻炼

胸宇环球心志远，钢枪准杀阵营坚。
摸爬滚打挥刀格，臂肿消炎掷弹前。
酷暑严寒珠湿面，冲锋鏖战帜高悬。
整装急进尖崖岭，极限荒炊奇胜天。

校园情怀[①]

晨号起操餐早盛，聆听肃静课堂耕。
飞鞭高岭清心领，闭目勤思深理明。
研室作程精准究，临床实习尽真情。
休余球赛虎龙斗，校友师尊毕业荣。

① 大学毕业后，作者被分配到兰州军区后勤部。报到后又来到位于宁夏回族自治区吴忠县高糜子湾的农场锻炼。在这里，作者及其战友不仅参加各种农活儿，在机炮连军训，扛炮拉练，养马，还参加了在当地沙漠修建的现代造纸厂的全程。

专业启程①

春光明媚柳丝长，梨卉馨园香蕊芳。
兰总黄河滨岸立，军营医技盛名扬。
入行开辟宏征路，创业书耕锦彩章。
唯有痴求加刻苦，韶华勤悦赴朝阳。

上海研修②

严冬过后山川秀，科学春风吹九州。
求识谋新多贡献，奔忙沪市更层楼。
瑞金医院钻和践，黄浦江滩探与修。
尤喜考研成硕士，人生征进未穷休。

① 1970年年初，作者被分配到坐落于兰州黄河之滨的兰州军区总医院。这是一家具有光荣历史传统的著名医院，正式开始了作者的专业征程。

② 1979年春，医院派作者到上海进修，随着科学春天的到来，“文化大革命”后国家首次招研究生，作者参加了考试，并被北京大学医学部（当时称北京医学院）录取，成为“文化大革命”后首批研究生。

创新程

峥嵘岁月创新程，世事通修理睿明。
多少艰难融策略，数巡挫折济胜情。
荣誉嘉奖过烟影，建队培英稳远征。
纵晚桑榆双鬓染，彩霞绚艳夕风清。

怀故

题记：久视乡友故里照，沉思联想，悠然命笔。

黄坡丝柳浅河沟，少幼遐离抱远忧。
求识博学诸校府，勤修创业数研楼。
山形依旧草葱翠，滩阔添新麦浪悠。
高铁穿梭霞谷口[①]，银鹰起落碧穹幽。
更欣智惠网通快，致富康强喜同舟。

① 霞谷口：丹霞峡谷。

梦回故里

夜半梦醒珠满面，故乡山里晚秋还。
柴门土屋艳阳照，邻里亲人喜气颜。
院旁河沟蝌蚪串，白杨小路柳荫闲。
窗寒校室煤炉火，一室级多行是班。
假日助农高地远，披星戴月满身斑。
打柴拾粪沟连路，割草看羊岭转山。
发小结同路上跑，同班合伙校园顽。
如今白发离乡远，梦里时常旅陇关。
纵是康强换新貌，物新人变入眠艰。
父母长辈已仙逝，兄弟胞波鬓雪般。
青壮少儿皆陌目，乡愁思念梦醒环。
夜深谧静月西落，热爱家乡久念攀。

友聚呆呆岛

隆冬邀友岛山游，乡味童音亲睦酬。
岁月峥嵘遥指数，人生苦短鬓添秋。
风推雪浪冲沙岸，日照滩舟映玉丘。
远极海天鸥健翼，共杯虹彩夕霞悠。

乡情

乡友亲朋重相聚，举杯祝福话无终。
歌吟新代初宏志，诗颂党恩情厚隆。
殊行励经艰涩路，同心鞠尽暮生梦。
喜逢国泰民安吉，更待全球命运通。

乡缘

题记：2021年1月23日，正值岁末迎春，在琼乡友缘聚海口海甸岛小二楼西北菜饭店，乡音家菜，故居佳酿解乡愁，欣然记之。

争艳角梅冬暮晨，乡音家味满堂亲。
庄浪河畔韶华梦，南渡江滨献茂春。
腊月常怀山里院，故朋缘聚小楼宾。
举杯徽酒望西北，共话今生同感臻。

偶遇故友

往日同师事，至今消匿声。
殊途创新境，追梦践诚情。
现见青丝落，韶华风绕萦。
人生千百味，夕照自怡鸣。

携友郊游

胜日结朋郊外游，天高云淡煦风柔。
漫遛绿岸话乡校，对坐茶台闲享悠。
数载寒窗痴梦苦，多年创业践追求。
是非成败皆拼斗，新辈英雄更上楼。

回家过年

儿时春节齐家宴，爆竹新衣压岁钱。
创业期间逢卅兴，赶车除夕聚庭全。
今天亲属三山寓，年夜荧屏四海牵。
高铁航飞与自驾，地球华夏网通联。

忆少年

少时天上数星光，思绪飞扬奇渺茫。
母训儿年勤礼貌，师教童小识文章。
书山日夜谋明睿，学海古今图远强。
恰适太平盛世旺，神州崛起我须当。

临江仙·怀念母亲

题记：母亲仙逝三十年，时刻怀念。当年因公置身国外，未尽终孝，终身遗憾。值此母亲节，落笔纪念。

慈母西去陵烟远，音容笑貌依然。敬长育幼思周全。阖家内外事，昼夜少安眠。

盼儿归家牵心守，门前双眼望穿。善良淳朴性情贤。乡邻淑懿慕，世代举经传。

喜迁莺·农场情深

戈壁瀚，枣沙鲜[①]。灌引沃良田。麦芒丰穗获连年。辛苦合心干。

反坦炮，军马烈。沙暴冬寒暑热。麦秸纸厂建滩端。锻炼又一年。

东风第一枝·专业之道

晓旭初辉，黄河丽岸，军号响彻云昊。查房医护巡床，精心照料周到。基功训练，各科践，急危监疗。写病历，疑难顽症，精准救生高效。

书阅室，昼钻夜考。多思虑，更新先导。互流参考磋商，奋扬综评研讨。科研探究，组团队，攻关深奥。鉴教训，扬正弥遗，德尚技精高眺。

① 枣沙鲜：当地盛产的沙枣，也称银柳。

齐天乐·极限挑战

朔风催吐春芽诞。轻装出征高罕[①]。紫焰烧睛，身轻气短，午暑夜寒茶浅。晴云瞬变。遇风击雷繁，湛湖冰岸。寸草难寻，没人区野畜随伴。[②]

为争国誉实践。共心鏖战苦，空掷频赞。荏苒千金，分钟尽用，刻苦钻研经典。深精酌远。袤原五千高，极端挑战。九月坚持，又经钢淬炼。

① 高罕：高原人迹罕至的区域。

② 1970年，大学毕业后，作者刚走上工作岗位便随同中国人民解放军总参谋部测绘队到可可西里地区执行任务。这个位于新疆、青海和西藏交界的广袤雪域高原，俗称“无人区”，海拔高，空气稀薄，环境极其恶劣。气候常朝寒午暑，见云即雨，遇风即电，雨雪瞬变。人们洗一次脸就脱一层皮，口唇干裂，一张口就流血。雨后，刷湿过的衣服被漂白得极其干净。大片土地十分荒凉，寸草不生。野驴、野牛和藏羚羊时常出没。难得碰到的动物见了人也不惧怕，狼要进帐篷，兔子围着你玩，狗熊也赖在路前不愿离开，真是奇闻趣事，数不胜数。作者一行的食宿和生活必需品都由空投供应。除了完成任务，作者充分利用一切可利用的时间自学了许多专业经典著作，使作者的专业基础理论有了系统的提高。这段极限挑战的经历犹如一次特殊的人生磨炼，又一次铸就了新的战士军魂。

鹧鸪天·京城深造[①]

旭日东方晨艳娇。改良教育再深高。北医深造攻研士，专业新能精准调。

拓基础，握新标。前沿课目要追超。教堂书店通明夜，初发论文路始遥。

鹧鸪天·客座悉尼[②]

万里逾洋赴悉尼。新州大学访名医。晚归早出戴星月，书馆研台一径宜。

观病室，坐研椅。大洋风采绚妍奇。论文精析刊登顶，为国争光不足奇。

---

① 在北京三年的研究生攻读，作者急切领略了当时专业领域高精尖技术的基础理论和应用状况，拓展思路，开阔眼界，为进一步发展打下坚实基础。

② 1984—1985 年，作者有幸受澳大利亚新南威尔士州州立大学圣文森特医院邀请，以访问学者身份研修造血干细胞移植的基础与临床应用。合作完成异基因造血干细胞移植后骨髓基质细胞起源与造血重建的课题，首次在相关国际专业杂志发表论文，获得高度关注与好评。

鹧鸪天·巴黎追梦

生物医科迅进潮，巴黎七大再深雕。科研名院难题选，教授精英亲指教。

重友谊，克艰劳。塞那河[①]畔育新苗。老师盛礼邀留校，祖国人民更首要。[②]

清平乐·奋翔京华[③]

晨风清扫。周末登山眺。白塔山高浓荫早。饱览金城全貌。

突通急电回京。使任急切重荣。自此奋翔京邑，创新尽职勤耕。

---

① 塞那河：塞纳河。

② 1989—1990 年，受国际著名专家、欧洲血液学会主席高汉（Gorin）教授邀请，作者在巴黎居里大学圣安东尼医院客座研究，其间合作完成的论文在国际著名专业杂志发表，同时建立了进一步交流的合作渠道。

③ 1998 年，作者接受任务回到了北京工作。自此耕耘、奋翔在解放军总医院、解放军医学院。

满江红·八一怀旧

酷爱戎装，忠使命、军魂闪烁。追往昔、入渝军校，业从医学。京校沪研修与造，澳洲法国求和搏。可西里[①]、践行卫勤艰，攀高跃。

创精术，钻深略。精学队，丰书博。临床监治重，护医兼学。桃李硕盛林杏旺，余生雅兴诗篇酌。鬓已秋、夕照焱霞空，怡欣获。

珠帘卷·思故乡

霜秋鬓，念家乡。阡岖土屋书堂。家里邻居勤早，青榆燕雀廊。

穹碧白云山伏，童颜刻苦争强。离别故园悠远，思恋恋，曼长长。

① 可西里：可可西里山。

如梦令·友聚

相遇重逢亲友，假日适迎翠柳。邀聚话当年，立业建功奋斗。奋斗，奋斗，夕照金波情厚。

定西番·遇故友

双鬓已然苍白。弯路口，笑眉梢。乐心潮。

寒室韶华同好。分途励志遥。岁月古稀安好。阖家饶。

殿前欢·友聚

月清明。金兰之友聚琼城。频杯共话当年境。醉数繁星。

峥嵘岁月惊。辛勤耿。锦绣山河兴。中华盛鼎，喜悦苍生。

夜雨
清明
清明寄情
家祠清明
诉衷情令·夜雨
谷雨新吟
醉太平·谷雨
行香子·踏春

夏

庚子立夏
夏临
临江仙·初夏雷雨
小满
问雨
梅花引·夏荷

贰

时序感怀

春

立春

望春

春光好·瑞雪迎春

早春

临春

初春

雨水

念奴娇·琼崖春韵

春回大地

春韵

喜鹊报春

惜春

惊蛰

听雨

风入松·琼崖春

春分

春回西堤

处暑

秋景

咏秋

踏莎行·秋雨

白露

醉花阴·秋韵

秋韵

捣练子·秋分

秋分庆贺丰收节

寒露

蝶恋花·寒秋

蝶恋花·晚秋

霜降

残秋

千秋岁·深秋

庚子暮秋

迎冬

芒种
夏有凉风
夏荷
夏至
梅花引·暑夏
初伏
小暑
夏雨
夏荷
大暑
京城艳阳天

秋

立秋
初秋
秋

冬至

琼崖入九天

眼儿媚·小寒忙迎春

小寒

一剪梅·冬日琼崖

琼州三九天

大寒

腊八

小年

寒雪

冬

立冬
西堤早冬
序冬
入冬
阳春
孟冬
凛冬
小雪感怀
定西番·初雪
梦雪
海南寒冬
隆冬临琼
南国之冬（仄韵）
大雪节气吟
寒风
雪后初晴
卜算子·冬夜

春

阳光明媚，万物复苏，鸟语花香，令人陶醉。

立春

东风催吐桃芽嫩，艳日恬愉勃气升。
横岭葱茏云影灿，斜堤薄黛杏苞凝。
苑楼精锐攀高宇，新野农机耕插腾。
万物生机争旺茂，千秋伟业再登层。

望春

冬暮冷风星夜啸，融冰残雪满坡浇。
俏梅璀璨浅霜染，早报春来百卉娇。

春光好·瑞雪迎春

时三九，朔风寒。瑞云天。窗外茫茫飞雪漫。兆丰年。
华北冬深冰凛，琼州卉鸟芬繁。银雪英花天海灿，吉祥安。

早春

拂面凉风不觉寒，冬苗萌动嫩芽鲜。
煦阳催雪融残影，青柳枝头舞喜燕。

临春

冬尽凉风不觉寒，残阳斜照雪融残。
晨光轻唤眠虫醒，夕彩催生浅草滩。
朝雾滋荣禾稚翠，甘霖浸泽卉苞丹。
韶华蓬勃迎春早，赤县[①]天晖盛世安。

初春

鹊唱枝头春色明，雪残消渗涧溪清。
千行禾黍渐芽动，桃杏尖红柳嫩萌。

① 赤县：战国时邹衍曾称中国为赤县神州，后用以指中国。

雨水

立春风逐暖，细雨润田川。
湿气催萌动，柔光午响绵。

念奴娇·琼崖春韵

香波千里，百花争艳绽，迷蜂痴蝶。风啸椰林呼唱舞，远岭纤云浮雪。天净深清，翔鸥悠鹭，高速环高铁。浩茫沧海，浪推波涌岸泼。

春至物旺蓬升，高歌猛进，百业兴隆热。自贸港兴创建稳，上下齐心同协。医教娱游，高科自贸，颐养天年悦。盛祥难忘，筑牢南海疆阔。

春回大地

清风暖煦雁行归，万物苏醒紫气微。

池岸黄花新一秀，冰消雪浅早春晖。

春韵

瑞雪几多窗口穿，扫庭落地顿清鲜。

晚风催吐桃芽动，暖日滋生杏蕾妍。

远岭松杉青片翠，前湖菡萏[①]粉尖胭。

都称冬凛春来慢，池岸黄花已盛娟。

① 菡萏：荷花的别称。

喜鹊报春

喜鹊枝头晨唱曲，海风揉面晓春临。
沧桑岁月须添白，诗赋词吟时贵金。

惜春

晨露轻风缕卷帘，鹊音点首叫窗前。
杏签桃羽落丘苑，杨絮柳绵飘巷边。
清涧红鱼醉游荡，茵园莺燕舞翩跹。
雨晴日暖耕耘满，夜静灯残梦紫烟。

惊蛰

微雨滋萌芽吐嫩，乍雷惊蛰百虫醒。

艳阳九九风温暖，北国江南播植町。

听雨

夜谧风轻万籁清，屋前细雨传琴韵。

窗纱淅淅述过情，帘卷叮叮叙时运。

昔暑淋濛营练行，今宵会景诗词训。

崎岖匆漫人生途，痴梦鬓霜亦求奋。

风入松·琼崖春

日晴风暖瑞光明。芳草百花英。碧椰啸畅沙堤舞，一曲谐，春煦生情。琼岛近春温热，海崖游客群倾。灾难庚子甚深更。通撼五洲①惊。中华谋策昌时准，共心干，魔劫消清。探月潜洋天问，②丑牛春晓荣腾。

春分

日月同辉各半天，阴阳齐并自分玄。
细霖绵渺桃芽翠，煦旭温柔卉蕾鲜。
纸鹞③碧穹翩妙舞，春风杨柳絮晴川。
长空云淡鸿归路，吉象怡和兆瑞年。

---

① 五洲：指全世界各地。

② 探月：2020 年 11 月 24 日 4 时 30 分，中国在文昌航天发射场，用长征五号遥五运载火箭成功发射探月工程嫦娥五号探测器，顺利将探测器送入预定轨道，开启中国首次地外天体采样返回之旅。潜洋：2020 年 10 月 27 日，奋斗者号在马里亚纳海沟成功下潜突破 1 万米达到 10058 米，创造了中国载人深潜的新纪录。天问：指天问一号火星探测器，2020 年 7 月 23 日在文昌航天发射场由长征五号遥四运载火箭发射升空，成功进入预定轨道。

③ 纸鹞：即风筝，也称纸鸢。

春回西堤

烟笼长堤红白菲，蜂迷蝶聚满眸晖。
春风巧弄彩妆镜，娇艳痴人暮不归。

夜雨

窗前细雨洗尘流，帘内深思意静幽。
人世何贪荣贵誉，余生安暖乐闲求。

清明

时值清明雨间晴，暖阳细柳杏花英。
虔心卉束胸前捧，缅忆先灵弘世荣。

清明寄情

清明阴雨雾茫茫，柳絮杨花乱地荒。

瞭远故乡哀念动，感怀先圣祭诗章。

家祠清明

长梦故乡行，家祠众士丁。

松香清醒瑞，绢菊庭前英。

祭奠先宗上，弘恩盛世荣。

中华民族崛，光达自雄情。

诉衷情令·夜雨

夜深细雨渺茫茫。微风稍感凉。榴花漫苑幽香，芬蕊落尘浆。追旧忆，看今光。静思量。少年勤苦，柳营[①]拼搏，独爱戎装。

谷雨新吟

青山萌翠桃花暗，碧野葱禾菜黄灿。
蓑笠牛犁不复寻，靓丽智械精耕灌[②]。
清流喷洒烟浮沉，阳照天穹云雾散。
春暮物华浅露生，夏初雨润兆丰岸。

---

① 柳营：军营。

② 英姿靓丽的姑娘们操作着各类智能农机，活跃在葱翠广袤的原野上，构成了新时代谷雨时节诗一般的壮丽画卷。

醉太平·谷雨

连天雨纷。浓云密氛。山溪常泛流浑。草青枝叶新。

桃花落滨。杨花散村。流金岁月春勤。岁丰需苦辛。

行香子·踏春

晨沐春风。轻载行东。山朦胧、云淡稀红。几排归雁，鸣醒残冬。石阶飞登，溪飞散，曲飞空。

时光疾逝，年华如画。彩丽奇、勃发生终。清荷碧叶，松柏崇峰。望空春月，期春雨，赏春葱。

夏

艳阳高照，物长旺盛，麦浪金穗，暑热荫凉。

庚子立夏

前坡果木已成荫，独见石榴花正红。
天气渐暖催荷绽，地霜且逝听雷隆。
童儿神聚读书琅，网教爱凝授学通。
除疫复工百业兴，踌躇满志待新丰。

夏临

暖阳风静春遐逝，山野葱茏禾稻青。
细雨纵摧花树落，牡丹怡苑正红娉。

临江仙·初夏雷雨

闪光划破东天半，树响雷吼霖穷。
阵风随后雨烟浓。蕊香岚翠碧穹濛。
花径彩塘通紫苑，蝶嬉蜂聚莺丛。
天边地远眼朦胧。畅开心际做诗翁。

小满

幽径姿颜湾水岸，青坪碧柳晚妆烟。
绿荷初绽湖波静，飞蝶欣怡晴空悬。
独步雅园随夕照，闲游轩榭慕鱼翩。
夏来举亲度周末，尽享烧熏美味鲜。

问雨

窗前雨急阵风催，远极盈漫忽闷雷。
散叶乱禾遍地泡，天公何意泻如杯？

梅花引・夏荷

晨风暖，清露浅。绿纱微漪连天缘。青枝芽，嫩蕾葩，玉面粉腮，千般姿彩霞。

艳阳晴川碧连线，馨蕊芬芳香漫远。蝶飞吟，蜓飞吟，岚翠岸荫，诗人趣更兴。

芒种

六月神州天地暖，热流徐吹湿风漫。

中原旷野麦收碌，南岭畴田插稻欢。

残败凋零花落去，熟梅硕果迎光观。

四方平乐共舟渡，五谷丰登富庶安。

夏有凉风

风梳筠影曳，柳叶笑吟歌。

拂面怡胸宇，莲池荡翠波。

夏荷

满目碧纱飘筱荡，清荷千朵嫩芳亮。

新芙娇靥送幽香，翠叶珠霜随势漾。

舞蝶飞蜻跃莲间，红鱼官鸭[①]嬉波浪。

暖风轻佛连天辉，玉柄傲然不争王。

夏至

烈暑炎炎日中天，气蒸昼长夜时短。

荷塘花萎柳荫浓，梅熟麦收硕果满。

---

① 官鸭：鸳鸯。

梅花引·暑夏

西下日。山林寂。彩云突暗热雨急。电光惊，闷雷鸣，荷残叶乱，漫雨隔街晴。

暑天潮炎昼夜笼，新禾尝食感鲜重。人勤耕，机勤耕，朝暮谐作，年丰举国盛。

初伏

初伏时光热铄金，残阳藏地阴方盛。
酷炎湿烤汗颜容，潮闷郁烦雷雨横。
绿荫柳杨桐竹青，夏花榴荷紫薇映。
抗洪避暑防邪魔，祖国民安国泰迎。

小暑

昼夜暑炎同，夕朝潮闷齐。
蟋藏墙角深，鹰旋凌空凄。
柳色泽苍郁，竹篱斜插西。
持扇立路荫，热浪汗如溪。

夏雨

阵雨暑天泻，午过前夜多。
乌云突然起，闪电疾雷和。
漂灌倾如注，逢时遍地河。
禾移果花落，辛劳枉熬磨。

夏荷

绿纱缥缈碧连天，千朵荷莲妖媚绽。
玉面粉腮羞靥甜，蝶酣蜓舞蕊香涧。

大暑

烁玉流金大暑天，[1]气熏地烤漫青烟。
窗前桐叶欲燃灼，室内空调可劲旋。
雷雨南方江暴涨，旱干北面土翘边。
凉台静卧赏玄月，箫曲轻悠忧解眠。

① 烁玉流金：出自苏轼《石炭》："投泥泼水愈光明，烁玉流金见精悍。"意为温度极高，能将金石熔化，一般形容酷热。

京城艳阳天

三伏京城艳朗天，早蒸午烤晚潮烟。

炎光烁玉流金赤，碧宇湛蓝焰隐燃。

槐苍蝉烦催草暗，荷萎雀藏促甘鲜。

盼期风劲忽来吹，皓月高空静入眠。

秋

天高气爽，层林彩妆，瓜果飘香，登高抒怀。

立秋

立秋风觉爽，伏热闷温凉。

天朗艳阳照，瓜梨硕橙黄。

青蔬透微苍，桐叶偶篱旁。

喜获丰收景，国盛民悦康。

初秋

岁月流光又一逢，路旁杨柳叶苍葱。

风摇幽竹莎莎响，暖照枫亭浅浅红。

林荫枝疏蝉隐远，池清碧宙雁飞空。

麦丰稻收果香累，北斗[①]问天环宇通。

① 北斗：北斗卫星导航系统。

秋

秋霞西苑凉，桐叶阶前躺。
清菊嫩鲜芳，桂香漫幽爽。
荷塘闲步游，残苇随风荡。
淡月碧穹弦，何愁鬓浅苍。

处暑

时逢处暑天微肃，晨爽中炎禾果登。
兴起闲游初赏景，一场秋雨月清升。

秋景

秋色斑斓绚彩烟，气清云淡静悠天。
金苗银稻幽花锦，橙果青葡珠玉悬。
菊态千般奇幻渺，桂香万朵蕊馨迁。
夕霞枫艳映湖岸，盈裕泰康盛世年。

咏秋

云飘山腹雾腾空，奇峭凌烟载谷穹。
秋雨潇潇闲自咏，锦诗妙语意无穷。

踏莎行·秋雨

秋雨潇潇，林梢摇舞。树涛远处烟穷墅。纵横洪泽注江流，残荷落叶香街堵。

凉阁环望，烟波层吐。旷原恢廓秋风怒。屋前蝶去隐蝉深，舒凉清静怡心如。

白露

天高云淡露生凉，暑热渐消清气长。
金菊玄黄满园亮，木犀[1]芬馥郁芬香。
枣红核熟催人摘，梨橙椒深采集忙。
群雁行飞碧空尽，远山秋彩锦林妆。

① 木犀：也作木樨，通称桂花。

醉花阴·秋韵

彩云天半山景秘。雨霁秋暮翠。幽竹玉梳斜，菊蕊兰芳，独赏悠闲醉。

桂香曲径溪桥尾。轩伫新凉意。枫岸菡蕖[1]残，叶落苔阶，月映莲湖媚。

秋韵

晨陌踏微霜，坡林叶暗苍。
荷塘蒹苇荡，柳岸瘦丝长。
庭院桂花蕊，路边黄菊香，
时宜收忙月，禾硕正储仓。

① 菡蕖：菡萏芙蕖，都是莲花的别称。

捣练子·秋分

天碧冷，朔风清。雨后烟虹西岭橙。金谷穗盈瓜果硕，庆欢丰收节秋明。

秋分庆贺丰收节[①]

春播夏长秋月忙，果蔬稻麦正储藏。
清风萧瑟霜浓郁，昼夜时同蟾影苍。
翠竹柳丝随势摇，菊黄桂蕊泛幽香。
最迷枫赤层林染，节庆丰收喜气洋。

① 秋分为中国农民丰收节。

寒露

金秋十月初霜凝，仰望寒空冷气浓。

丹桂凋残黄菊瘦，储仓添袄迎隆冬。

蝶恋花·寒秋

晨起窗台含露秀。又是深秋，弦月西天走。徐步沐香丹桂瘦。赏枫醉菊诗行究。

时逝流梭重九九。邀友登高，轻雾浮山首。彩练残晖西岭岫。风清气暖舒心透。

蝶恋花·晚秋

月色清凉塘岸柳。蝉隐蛙藏，花百凋疏瘦。远望苍山层叠绣。枫红琼海亭台酒。

金麦盈肥银稻厚。果硕蔬累，喜靥眉梢奏。丹桂芬香千里久。菊英雅赏邀亲友。

霜降

秋残风燥凉，霜降草枯黄。
枫彩菊馨逸，柿沉粮果藏。

残秋

昨夜秋风落叶桐，远望群岭尽菲红。
高天冷气漫悠过，旷野黄花傲俗笼。
素月清凉愁满目，溪流潺淙暗吟通。
时光悄逝霜渐厚，又是一年冬色胧。

千秋岁·深秋

晨光破晓。残叶随风绕。柳暗疏，幽篁[①]啸。伫亭遥目望，云淡霜寒早。冬要到，仓丰库满心中笑。

忆事今年要。砥砺鏖争巧。驱病掠，排洪暴。云端天问啸，北斗高天耀。批霸横，共同命运唯珍宝。

① 幽篁：指幽深茂密的竹林。

庚子暮秋

冷风劲吹秋光尽，落叶飞空苍竹鸣。
世界云烟任变幻，中华复兴自正程。

迎冬

北国劲风寒气降，岸边古柳叶疏黄。
湾塘波浪浮残荷，山侧红枫映夕阳。
旷野千畴斜日照，净空万里极天望。
秋园谷麦丰盈满，瑞雪迎春来岁康。

冬

朔风劲吹，冰雪飞扬，禾果收藏，防寒添裳。

立冬

昨晚冷风通夜吹，今朝黄叶满天飞。
气寒霜卧枯荷菊，万物藏储阳蓄归。

西堤早冬

数日寒流何始休，天凉气燥倚书楼。
苑塘残荷枝折朽，堤岸唐槐叶落愁。
芦荻随风飘雾絮，鸳鸯碧水逐浪游。
初冬虽是枫红浅，霜厚云飞雪树头。

序冬

风冷霜寒冰雪顺，桃红杏白煦春晴。
麦金稻碧盛炎烁，果硕枫橙艳菊清。

入冬

北国冷风宵夜吹，高天碧静雁鸣空。
枫红落地舞塘径，桐叶披霜摇柱匆。
霸上[①]草蒿枯瘦远，岭南桂菊逸香穷。
不知飞雪何时临，冬进冰封春畅通。

阳春

题记：小阳春指孟冬（立冬至小雪节令）期间一段温暖如春的天气，在此期间一些果树会开二次花，呈现出好似春三月的暖和天气。

气和日暖小阳逢，菊绽重辉馨满空。
晨霁霜稀闲静息，夕霞露干阵清风。
雁飞字断寻新旅，梅蕾花香通故融。
夜冷银河明透深，雪莹已降北山崇。

① 霸上：即灞上，位于今西安市东，因在灞水以西的高原上而得名。

孟冬

煦阳和顺鸽空飞，桐叶低悬映彩辉。
谁说立冬寒逐重，堤围月季绽芳菲。

凛冬

秋尽冬临落叶飞，冰寒雪冻月光晖。
苍茫天地烟云逝，来岁春华鸿雁归。

小雪感怀

初冬北国雪飞飘，素裹银装山水娇。
南海岭巍花蕊艳，椰风暖吹暑阳燎。
神州地大景光美，春夏四时皆可瞧。
期待台湾整归统，强盛赤县屹东骄。

定西番·初雪

天冷风寒叶落。云涌动，鸟飞排。雪飘皑。

远岭寒郊客缺。林梢雪浪埋。石阁箫声传说。慨叹怀。

梦雪

梦迷大雪静飞飘，睁眼琼崖繁卉娇。

遥念故乡银素裹，聆听椰韵海波潮。

海南寒冬

海风晨晚冷，潮水起波寒。

椰羽微秋影，琼华稀淡栏。

蛋花[①]枯叶脱，云薄断流团。

雀鸟低飞跃，群贤[②]乐享安。

① 蛋花：指鸡蛋花树。

② 群贤：指冬季南下海南的大陆（猫冬）老年人群。

隆冬临琼

南国隆冬山郁葱，椰林卉海艳阳红。
朔风晨暮独清冷，花落枝英碧锦融。

南国之冬（仄韵）

秋去冬临北方冷，朔风劲吹雪冰酝。
醉迷红岭沐芳浓，畅遂琼崖浴海韵。
碧水蓝天云白悠，青山秀木繁花晕。
椰林艳景清幽馨，更享沙滩波浪紊。

大雪节气吟

朔风通夜吹，寒袭屋堂清。

北国雪纷舞，羽衣裘帽更。

江南山黛绿，阴雨冷霏倾。

琼岛虽春景，蛋花凋落茎。

寒风

疾风昼夜吹，寒气逼柴门。

添袄欠温暖，疑如三九村。

雪后初晴

雪后初晴暖日明，弯枝积厚化晶清。

冰凌悬挂风寒彩，疑是扶摇迷幻城。

卜算子·冬夜

皓月深空照，静听海浪潮。南国凛冬夜寂静，风吹椰林啸。

梦回故里遥，醒思孙儿校。琅琅书声萦耳绕，由衷开怀笑。

冬至

时令冬至由然临，阴极阳正始渐升。

数九天寒严酷待，春深日暖物生腾。

思源固本崇贤德，礼乐文明尚泰胜。

驱疫赢灾反霸道，弘扬公理万祥兴。

琼崖入九天

抬头椰羽摇天湛，白鹭翩翩飞影寒。
入九凛风才静吹，暖阳艳照碧穹兰。

眼儿媚·小寒忙迎春

花落风寒摇椰飞。忙里促春归。红灯高挂，喜联才写，鞭炮联垂。

魔灾庚子霉多事，奋搏同心推。磨难掠过，稳兴百业，致远奔辉。

小寒

小寒风冷鉴湖涟，花落椰苍葱岭烟。
故里黄河冰覆断，岁终备细迎新年。

一剪梅·冬日琼崖

阵阵寒风彻夜欢。云淡轻漫，海浪滔天。楼旁琼蕊暗幽闲，花落檐前，椰尾摇翻。

冬日琼崖度假湾。突遇严寒，缺服单穿。角梅傲逸绽芳妍，艳日西斜，春曲新弦。

琼州三九天

冷风一宿飕飕吹，晨起琼花遍地飞。
都说海南三九暖，今冬凛冽梦回归。

大寒

岁末酷寒岚气远，冰河雪岭夕烟残。
千枝枯叶极无尽，冬去春来复泰安。

腊八

腊八大寒微煦阳，七珍五味粥喷香。

雪残冬尽临春曲，万户千家年节忙。

小年

海风徐缓扫空尘，花谢花开又一春。

夜幕玉楼霓彩绚，迎新清静沐曦晨。

寒雪

窗满千山雪，枝悬冰凛梭。

寒光风冷烈，烧酒闭门歌。

颐和园后湖
夜海口
万宁（新韵）
雪窦山
本溪初夏
小市初夏
南粤行
万绿园
蓝湾
满庭芳·颐和园
浪淘沙令·颐和园
小重山·颐和园之秋
鹧鸪天·北京植物园
江城子·玉渊潭
鹧鸪天·香山

叁 胜景欣赏

海南行
海滩
小镇
海口隆冬
潭柘寺
海滨除夕夜
分界洲
世纪大桥
登圣莲山（五首）
云南石林
滇池
青龙湖
北京西山国家森林公园
三亚颂
琼中自驾游（仄韵）

临江仙·大湖中秋夜
醉花阴·碧玉温泉小镇秋色
唐多令·除夕蓝湾
鹧鸪天·家园初夏
江城子·辛丑初夏
破阵子·腊子口

鹧鸪天·北京北海公园
少年游·游黄龙
清平乐·游天坛
鹧鸪天·北京园博园
巫山一段云·三峡
鹧鸪天·紫竹园
鹧鸪天·沧桑
如梦令·孔雀城大湖
鹧鸪天·冬临越秀山
踏莎行·春城温泉疗养院
鹧鸪天·大观楼
调笑令·西堤霜月
苏幕遮·白沙门公园
鹧鸪天·穗城冬
蝶恋花·小院

海南行

京城寒燥朔风劲，飞渡琼崖避凛冬，
海韵椰林南国锦，花香鸟语甚从容。

海滩

椰树疾风千里韵，角梅绚艳绽芳魂。
浩茫海霁通连宇，金滩晴幽逐浪奔。

小镇

雨霁风生东岭翠，浪平波彩绿城新。
天岚居静悠云逸，欣喜冬荣三亚宾。

海口隆冬

隆冬海口朔风吹，满目繁花雀跃飞。
夜幕霓虹连水岸，天宫瑶界不言辉。

潭柘寺

苍松叠翠馥香飘，佛法精深化苦焦。
名刹岫云[1]银杏古，静听京邑夏秋潮。

海滨除夕夜

除夕霓虹天地照，玉楼银树浪红潮。
烟花爆竹高空烈，海岸沙滩喜气烧。

① 岫云：潭柘寺亦为敕建岫云禅寺。

分界洲

题记：海南牛岭一线山脉是海南岛南北的分界线，是陵水黎族自治县和万宁市的行政分界线，也是南部热带季风性海洋气候和北部热带海洋性气候的分界线。近海有海南省第一个海岛5A级景区，同时被认为是海南省内最适合潜水景区的分界洲岛。

绿茵牛岭甚葱翠，面海沙崖望岛明，
西接蓝天白云浅，东边雾漫冷风萦。

世纪大桥

题记：世纪大桥是海口市境内的跨海通道，位于南渡江（分支海甸河）入海口处，是“九五”期间的国家重点工程，也是海口市的标志性建筑之一。海甸河两岸具有浑然天成的自然、历史和文化禀赋，是海口主城区内最宜旅游和休闲的胜地。

江海交融水碧清，大桥横跨两滨城。
美园双岸缤纷秀，虹彩群楼飞艇鸣。

登圣莲山（五首）

题记：圣莲山距京90公里，海拔高930米，是一处集历史文化遗产与人文景观于一体的旅游、观光胜地，有“京西小五岳”之称。盛夏登游，感怀记之。

（一）

少时欢喜上高山，逢岭攀登数十年。
今岁白头双腿软，心刚气盛志还坚。

（二）

驱车攀至太行边，仰望圣峰凌空悬。
剑壁霄峰涧荫纵，耸奇名刹俏崖沿。

（三）

苍柏傲然莲子峰，蟠桃宫侧群山逊。

祥云脚下苍林翠，万秀丁香花正嫩。

（四）

庙堂道观并雄矗，老子菩提和睦尊。

溶洞玉篁千百态，圣泉石米传流存。

（五）

雄似峨眉金顶烁，险如西华北峰云。

俊灵阳朔黄山秀，坐享神怡心旷欣。

云南石林

天赐奇观绝世美，气雄磅礴惊魂醉。
千峰葱秀云舒流，万岫峭岐水映翠。
苍柏俊雅辉剑崖，异花英艳香萦魅。
清凉福眼怡心神，敲字推词难赋秘。

滇池

百里滇池烟瀚漾，连天云水菡风香。
晨曦清静拔层浪，晚照晖盈映彩光。
北耸大观楼远眺，西望太华寺常芳。
环湖锦绣幽奇秀，民族文情展示廊。

青龙湖

远望峻崎翠接天，眼前碧水绿波烟。
红墙点点珠镶岸，官鸭双双戏玉莲。
蓑笠钓翁抛饵早，彩绸舞队轻音传。
暖风和煦喜眉展，盛世升平幸福篇。

北京西山国家森林公园

题记：北京西山国家森林公园位于京西小西山，属太行山余脉。过去是一片荒山秃岭，满目疮痍。中华人民共和国成立后经大规模造林、修建、抚育和管控，已成为距北京市中心最近的国家森林公园。

京西环五小西山，迷你森林国立园。
奇曲石坡垂绿柳，叠层碧泊秀漪澜。
春丛野卉秋霜彩，夏送爽风冬雪轩。
昔日秃丘满目苍，清幽今岁景妍煊。

三亚颂

神州万象多奇甚，北雪西泠琼岛风。
百鸟椰林花蝶美，天涯海角鹿峰[①]葱。
南山清境闲游雅，碧浪金滩欢笑融。
遥望三沙皆胜景，中华锦绣傲球东。

琼中自驾游（仄韵）

浪游琼岛海天美，满目青峦叠嶂翠。
五指山高云雾飘，七仙岭媲黄峰魅。
万泉河曲遍幽丘，千壑沃畴漫香穗。
驱驾老夫花道飞，喜欣华夏风光媚。

① 鹿峰：指三亚鹿回峰高高耸立海边，不仅是著名地标景点，还有一个美丽的传说。

颐和园后湖

色彩斑斓醉客心，红枫黄叶满盈夌。
湖波漪澜盎然绚，半壁桥边银杏金。
东岸侧阶皆趣苑，曲廊水榭柳疏吟。
残荷苍莽苇花扬，锦鲤游娱鸳侣韵。
碧宇清湛月光洒，亭台楼阁满诗琴。

夜海口

海南夜幕耀椰城[①]，溢彩流光满目晶。
鳞次栉臻楼上月，碧波花韵霓虹荣。
晖芒清爽外滩沸，闪烁灯连桥势英。
最美四时天净洁，更期创建市都盛。

① 椰城：海口的别称为椰城。

万宁（新韵）

海风穿涧峻，东岭渡闲云。
翠草飘青蕊，芭蕉摆叶裙。
最妍三角[①]盛，奇色弄姿臻。
天净甚清暖，宾朋逸悦欣。

雪窦山

题记：浙江省宁波市奉化区的雪窦山因北宋仁宗皇帝赵祯梦中到此一游而得名“应梦名山”，被誉为“四明第一山”，是中国五大佛教名山之一的弥勒佛的道场。

梦应雪窦雾仙盈，秀甲东南叠翠横。
葱竹红枫千里韵，闲云奇石万年情。
隐潭险曲阶幽静，擎瀑银珠雷震鸣。
重上妙高山海近，风尘岁月甚清明。

① 三角：三角梅。

本溪初夏

彩绘浓妆春色艳，七叉八岭老边山。
清泉穿涧流东峪，木栈阶桥荫岸闲。
几只杜鹃崖石绽，一潭影映碧云间。
溪滨雅椅依岩歇，美誉辽沈享乐环。

小市初夏

关外春来晚，东风尚薄寒。
苍山松翠秀，天远路云盘。
暖日林间照，清溪碧潋滩。
众人颐度假，辽沈后花坛。

南粤行

凛冬时节游南粤，东莞康华[①]济众生。
沙角炮台轰外虏，虎门焚道禁烟贞。
长洲黄埔沧桑变，越秀中山[②]念圣名。
高塔览胜花市[③]貌，神州振兴示繁荣。

万绿园

满目葱茵艺径修，风筝飞鸟碧空悠。
古今音乐流行曲，现代京腔街舞柔。
健步青华强练健，轻歌岁月度春秋。
绿园处处清新静，海岸天天媚客游。

---

① 康华：指东莞康华医院。

② 中山：越秀山东中山纪念堂。

③ 花市：即广州市（亦称花城或穗城）。

蓝湾

猴岭耸东风物暖，金沙海滩碧波涟。

椰林趣雅幽通长，三叶[①]辉妍争絮烟。

近地红楼浮翠玉，远洋帆舰搏浪溅。

湛天洁净闲云逸，自贸区湾颐养先。

满庭芳·颐和园

丝柳挥招，苍松迎客，径清幽水波荡。阁台石榭，玉陛曲环亮。万寿山巍佛阁，白石舫，轩弧廊畅。平心望，昆明湖阔，飞舸泛烟漾。

西堤浓荫旺，龙炫起舞，六桥景丽盎。观早春桃蕊，荷夏镶旁。十七虹桥静卧，铜牛岸，艳波辉浪。秋风冷，红枫远岭，山叠玉湖唱。

① 三叶：即三叶花，也称三角梅花。

浪淘沙令·颐和园

春水荡湖烟。翠柳柔绵。驾舟飞浪过青川。堤岸谷溪桃蕊艳，娇映西山。

昔日帝家轩，肃穆微寒。虹桥石孔赤牛边。今日美颜游客赞，人界仙园。

小重山·颐和园之秋

清早霜消风景辉。信游携友为，赏秋菲。佛香阁浩寿山巍。湖阔翠，漪涣映天晖。

古柳岸排垂。荷塘菱叶黛，冷风吹。远望西岭塔高辉。游人少，喜靥乐童随。

鹧鸪天·北京植物园

举目燕山紫气融。赏青京丽老来童。桃兰蔷玉满坡艳，月季洋菏[1]齐苑彤。

苍松翠，绿林葱。玉阶奇石碧溪通。恋蜂彩蝶欣娱媚，雨霁和风飘彩穹。

江城子·玉渊潭

五月春消夏日朝。树花凋。柳絮飘。香径虹桥，湖面玉波涛。高塔仰望水镜照。彩云越。鹊莺娇。

① 洋荷：洋荷花即郁金香。

鹧鸪天·香山

题记：1949 年 3 月 25 日，毛泽东主席率中共中央、中央军委机关驻在北京香山双清别墅。在这里毛主席签发了《向全国进军的命令》，指挥了渡江战役，筹备了中华 人民共和国的成立。

巍峨京西香炉峰，文渊悠久碧山葱。山崖奇崛峦丘静，涧壑幽深林谷通。

碧云寺，玉阶宫，松梢蔽日梵香风。双清宫里乾坤定，枫叶深秋最是红。

鹧鸪天·北京北海公园

宏伟白塔琼岛凌。环湖积萃紫云腾。参天古木松坡翠，殿阁瑶阶彩壁惊。

北海镜，玉团城。琉璃五色九龙争。千年御苑璇廊耀，京市明珠璀璨星。

少年游·游黄龙

凌霄胜览浩烟扬。窗下彩云长。雪霁颜池，壑幽苍莽，月正秋凉。

蜀丘翠绿珠妍缀，银镜叠层光。红鹃丹蕊，醉痴虚幻，美若天堂。

清平乐·游天坛

初夏晨晓。迎客天坛早。宏伟殿尖鎏金照。白玉阶坛层绕。

古代天祭祈丰。今日世遗之嵩。丘壁石廊檐妙，古松环草溪通。

鹧鸪天·北京园博园

永定河畔园博园，中华锦院集宏篇。阁台楼榭千般俏，池苑芳潭万楚颜。

永定塔，聚云轩，昔年废址景晖妍。百花竞绽和风暖。万木青松蔚接天。

巫山一段云·三峡

晨晓游轮静，云烟三峡朦。巫山霞照彩云红。大江奔腾东。

往事如烟已息。高峡平湖天极。航江发电灌防洪。功伟世界崇。

鹧鸪天·紫竹园

晨风轻吹翠竹歌。三湖绿岸玉香波。幽篁万累郁芳岛，叠石千嶙廊宇珂。

问月阁，净长河。夏荫秋艳雪冬坡。春迎百卉鹰燕舞，清雅悠闲享悦和。

鹧鸪天·沧桑

——参观周口店北京人遗址有感

盘古开天破鸿灵。天渊众物衍繁生。先原艰险万重路，史事迁延千古铭。

顺势演，战灾横。人生崎岖固难征。喜哀怒乐尘和幻，名利贪誉断莫争。

如梦令·孔雀城大湖

草映竹幽烟廋，蜻舞荷香湖秀。舟荡小风清，箫曲玉琴吟奏。乐否，乐否，远处群童嬉逗。

鹧鸪天·冬临越秀山

寒气微微扑面清。草葱树暗水烟明。百花娇艳融晨冷，桂蕊芳馨醉远凝。

越井顶，秀湖泓。七岗古楚史渊铭。五羊衔穗[①]田丰盛，越秀山茵游客惊。

① 五羊衔穗：五羊衔谷，中国民间传说故事。《古今图书集成·神异典》卷269引《广州通志》云："广州府五仙观。初有五仙人，皆持谷穗，一茎六出，乘五羊而至。仙人衣服，与羊同色，五羊俱五色，如五方。既遗穗与广人，仙忽飞升而去。羊留，化为石，广人因即其地祠之。"

踏莎行·春城温泉疗养院

题记：碧玉温泉位于云南安宁县螳螂川，俗称天下第一温泉，水质纯优，可浴可饮，古今中外，名人墨客，在摩崖石刻，挥毫赋诗，名扬世界。时值京城伏暑，来此度假，感怀之至，落笔纪念。

白雾山腰，林幽竹俏。山间清瀑悬珠摇。村庐片片墅红郊，山花簇簇裳秋娇。

客往车来，茶蒸醇犒。温泉碧玉清柔泡。摩崖名贵赋诗昭，静雅颐养迎英劳。

鹧鸪天·大观楼

题记：大观楼位于昆明滇池北大观公园内，始建于康熙年间，咸丰帝曾亲题“拔浪千层”赐匾。其正面两侧悬挂清代孙髯翁撰、赵藩楷书180字长联，被誉“天下第一长联”，跻身与黄鹤楼、岳阳楼、滕王阁齐名的“中国名楼”。

登楼远眺水天茫。荷风拔浪叠层荡。滨涯四季锦茵秀，荷绽芸香七彩章。

春英艳，夏蓉芳。螺洲蟹岛稻金浪。欣迎万众观三迤[①]，敬赏长联中外扬。

调笑令·西堤霜月

霜月。霜月。寒流何时吹歇？堤岸古柳叶枯。芦荻干褐瘦疏。疏瘦。疏瘦。残荷半塘腐朽。

---

① 三迤：三迤是云南省的代称。

苏幕遮·白沙门公园

题记：白沙门岛位于海口市的东北郊，距市区约2.5公里。1950年解放海南岛时，在白沙门岛战斗中，解放军渡海兵团创造了世界海军史上“用木船打败军舰”的奇迹。现在的白沙门公园纪念碑是曾经渡海战役登陆的地方。

海风轻，椰韵送。天碧晴深，云淡漫悠空。通白沙门幽径拥。燕舞莺歌，灿烂阳光颂。

想当年，风夜动。船舰相逢，少弱胜强铳。血染沙滩雄士勇。灵化辉虹，史册铭英重。

鹧鸪天·穗城冬

题记：传说很久以前，广州地区百姓的生活十分艰苦，经常吃不饱肚子。突然有一天，天上出现了五位神仙，骑着仙羊，仙羊嘴里衔着丰满的稻穗，降临这里。仙人把稻穗种子送给广州先民，教会他们种植粮食的技术。之后仙人腾空飞逝，五只仙羊化为石羊留在了这里。从此，广州便成为岭南最富庶的地方，因此广州也称“羊城”“穗城”。

南粤寒冬绿郁盈。人流车速甚繁荣。白云山下楼齐月，夜幕江边虹两荧。

仙穗重，小腰[①]擎。花城锦绣世人惊。纵然风冷连天吹，流彩霞光腾耀明。

① 小腰：俗称小蛮腰的广州电视塔，高耸入云，已成奇特的新地标。

蝶恋花·小院

清静安宁篱竹苍。红白黄橙，月季围栏旁。葡串晶莹悬挂长。海棠果硕孩童望。

桃蕊初春芬馥行。丁蕊繁香，彩蝶蜂飞扬。故友亲朋闲聚畅。品茶赏月谈曾想。

临江仙·大湖中秋夜

夕照斜辉红疏柳，径深秋叶霜清。柳丝湖岸倚风倾。蒹葭枯萎，微浪映枫亭。

客艇划过歌乐妙，随童起舞当庭。绿茵灯影满天星。把杯庆赏，皓月正当明。

醉花阴·碧玉温泉小镇秋色

三面环山蝗水汇。凤山东吐翠。龙岭对幽葱，笔架峰岚，小镇馨陶醉。

圣泉碧玉千年瑞。宾客诗词萃。天下一香汤，记刻摩崖，颐养怡心惠。

唐多令·除夕蓝湾

晴宇月高悬。海风清水湾。彩霓妍，华丽灯旋。鞭炮烟花星炫烂，金牛奋，五洲欢。

庚子怒云天。凯旋过大年。喜团圆，快递频传。微信红包加屏聚，醇金盏，乐高喧。

鹧鸪天·家园初夏

曲径幽长楼侧芳。高杨桐叶柳荫凉。桃梨玉蕊凋尘泥，月季清荷争馥香。

银瀑亮，碧池沧。竹亭品茗赋诗章。轻音太极妆晨舞，如此闲舒享泰康。

江城子·辛丑初夏

年年春去夏风雍。岭渐葱。麦苗隆。月季绽红，云浅燕莺穹。中华盛荣千业兴，共振兴，乘东风。

万千喜讯地球东。又赢瞳。问天冲。降落火星，耀展国旗红。深宇索探人类梦，迎阻险，再攀峰。

破阵子·腊子口

题记：1935 年 9 月中国工农红军进入腊子口地区，通过正面强攻与攀登悬崖峭壁迂回包抄，经过浴血奋战，一举攻克腊子口天险，取得了胜利，打开了中央红军北上进入陕甘的通道。腊子口战役是军事史上以弱胜强、出奇制胜的著名战役。腊子口也成为中国革命史上举世闻名的革命胜迹。

锯石刀峰崖断，顽军枪炮碉坚。生死绝危天险口，百鸟难飞鬼锁关。横盘北上难。

劲旅雄师飞渡，何堪地势高颠。走峭攀岩歼寇悍，誓为人民流血鲜。英名高宇天。

北京，加油
抗新冠病毒
庆北斗三号组网成功
端午节
香港国安法（仄韵）
天问一号
民警
庆祝八一建军节
八一感怀
纪念抗战胜利七十五周年
颂英雄
纪念『九一八』（新韵）
腾飞
烈士纪念日
缅怀英烈
新征程
感怀毛主席
喜迎新春欢度佳节

肆 世事精彩

贺神舟十二号发射成功
五四运动颂
全国脱贫赞
祝贺长征火箭海上发射成功
再创辉煌
纪念毛主席
石城抗疫颂
怀念周总理
致敬警察
加油，京冀
三八颂医护
讴歌抗新冠
抗洪
贺两会
劳动之歌
劳动光荣
天使赞
儿童节
洪灾

醉红妆·迎新年
朝中措·贺牛年两会召开
采桑子·两会
鹊桥仙·祝融号
西江月·西柏坡
清平乐·平山西柏坡
十六字令
念奴娇·天和
鹧鸪天·新征程
辘轳体诗 天宫天和
贺中国共产党诞生 100 周年（九首）

欢庆元旦
京冀抗疫赞
志愿军赞
鹧鸪天·北斗星通
相思引·抗洪灾
眼儿媚·抗洪防疫
小重山·抗疫英雄赞
鹧鸪天·庆祝建党节
满庭芳·庆建党节有感
鹧鸪天·纪念七七事变83周年
喝火令·天问
沁园春·庆祝建军节
蝶恋花·喜庆双节
青玉案·颂航天伟业
一剪梅·长五嫦五颂
鹧鸪天·反面教材

贺神舟十二号发射成功

飞虹长啸驰霄汉，英杰天和伴北辰。
欢舞嫦娥应贵宾，神州自此月星巡。

五四运动颂

闪电雷鸣狮梦醒，民权科学九州荣。
反封除霸风云荡，马列旗擎立党萌。

全国脱贫赞

自古人间穷富悬，困荒疾苦万年延。
神州大地春风暖，精准扶贫奏凯旋。

祝贺长征火箭海上发射成功

东海船舷神箭射，卫星九颗定踪罗。
服勤人类文明运，震慑霸凌降鬼魔。

再创辉煌

——祝长征五号发射成功

坐地轰鸣惊又为，嫦娥五号月奔飞。
异星采样初探行，中国航天再创辉。

纪念毛主席

——纪念毛主席逝世 44 周年

历史长河星众亮，泽东最耀照东方。
神州独立康强兴，铭记恩怀赓奋扬。

石城抗疫颂

地冻天寒冰雪狂，病魔肆掠复燃猖。
石城警报全民鉴，众志同心灭疾刚。

怀念周总理

——纪念周总理逝世 45 周年

寒冬京邑海棠眠，总理音容浮眼前。
功伟千秋铭史颂，神威英睿万年传。

致敬警察

——庆贺设立首个中国警察节

警旗高扬国安臻，除恶扬辉守护神。
执法公平忠实党，献身事业为人民。

加油，京冀

病毒侵凌疯掠狂，京畿多地再戎场。
古今燕赵英雄勇，驱疫同心迎曙光。

三八颂医护

白衣为甲战伤场，四季风霜昼夜忙。
救死扶残心系爱，女英擎献诊治康。

讴歌抗新冠

暴疫倏侵江汉城，精英急赴楚襄荆。
八方鏖战聚豪锐，百日驱魔展效程。
鬼魅凶屠踪窜遍，中华防略世高评。
全球共命唯真理，协力倾心玉宇晴。

抗洪

三伏盛炎雷雨连，苏湘鄂赣贵渝川。
长江淮汉超危限，峡坝湖河漫界沿。
田地淹冲山壁滑，房桥坍塌路街船。
党群军警齐心上，防疫平洪歌凯旋。

贺两会[①]

风暖时新艳暑天，红旗招展齐呼欢。
抗魔数月定胜局，复产仍继筑硬磐。
两会盛开共谋划，一心聚力巧攻坚。
保民就业促增长，稳企高科渡国难。
精准扶贫奔康富，中华锦绣更强安。

① 2020年5月21日，在取得抗击新冠肺炎疫情决定性胜利后，第十三届全国人民代表大会第三次会议和全国政协第十三届三次会议在北京召开。

劳动之歌

——庆祝五一国际劳动节

劳动创新最大荣，工农商学卫科兵。
勤耕沃野禾丰获，植树青山果硕盛。
路网楼群星月耀，海航高铁地天行。
英雄边戍辛艰累，国富民强血汗成。

劳动光荣

——庆祝五一国际劳动节

种田植树创丰收，放牧舟渔阔域游。
修路建楼风物美，教书育德李桃稠。
防灾治病江山泰，保国安疆血汗流。
北斗问天通太宇，无私奉献当歌讴。

天使赞

——庆祝国际护士节

济世苍生民族旺，医师护技共沙场。

防治为主崇高尚，抗疫冲前勇担当。

传代帮教眉鬓白，苦研深究一身忙。

杏林德艺双馨秀，天使飞翔国泰康。

儿童节

窗外鼓锣响，红巾飘洒唱。

儿童六一逢，欢舞满园亮。

祖国花鲜妍，面颜灿烂漾。

年年盛奋飞，华夏有希望。

洪灾

庚子年间祸害繁，天灾连接地球全。
新冠病疫复燃掠，倾泻暴雷鄂渝川。
湖涨江翻恶浪猛，田淹山滑险频传。
军民携手抗危祸，雨霁风和虹彩妍。

北京，加油

六月京城复魔横，控灾墙网逮奸情。
全民协力齐心战，大数据前凶迹清。
精准科勤通细管，万无一失保安明。
艰难险阻路尚远，行稳致胜期必成。

抗新冠病毒

年初庚子乌云卷，新冠肺炎魔突见。
精锐齐心逆浪行，人民生命首安选。
百天控疾速循良，制度优长举世羡。
横观西方妖掠延，私图经利实推遍。
欲求病毒全球清，同体共谋协力战。

庆北斗三号组网成功

题记：2020 年 6 月 23 日 9 时 43 分，我国北斗三号最后一颗全球组网卫星发射成功，消息传来，感受颇深，落笔以记之。

轰天霹雳又飞穹，北斗三号布局通。
苦战精英几十载，冲强硕果百年隆。
导航定位随时准，世界洲洋掌中融。
反霸破凌中国正，福祥人类建奇功。

端午节

艳阳端午灿，龙舞夏炎天。
赛艇江湖海，旌旗锣鼓船。
兰汤盆浴洗，菖叶[①]艾香烟。
黄酒粽粑祭，文昌精美篇。

香港国安法（仄韵）

国安立法剑锋亮，香岛[②]明珠再光曜。
英美邪魔乱窜谋，恶帮港独疯狂叫。
打砸抢烧群心寒，围堵毁伤众鬼笑。
特律漏条人大颁，港强民泰新星耀。

---

① 菖叶：菖蒲可以提取芳香油，有香气，是中国传统文化中可防疫驱邪的灵草，端午节有把菖蒲叶和艾捆一起插于檐下的习俗。

② 香岛：香港亦称香岛。

天问一号

——贺天问一号发射成功

探求神秘宇寰情，头号问天今出征。
奔赴火星看究竟，回波中国地基营。
银河浩渺渊无尽，人类科研再启程。
一剑冲穹飞碧宙，壮观画面震乾宏。

民警

——祝贺国家批准设立人民警察节

崇伟担当保国安，人民警察俨头前。
扫除罪恶弘扬善，惩治黑氓勇抗肩。
欢乐节期持守位，天灾抢险出锋先。
脱贫致富图康泰，铁壁铜墙稳海川。

庆祝八一建军节

艳阳高照战旗红，革命武装钢剑雄。
万里边疆巡守卫，千顷海域舰驰风。
为民抢险勇担当，救难克艰争赴冲。
浩渺天空银隼傲，铜墙铁臂建丰功。

八一感怀

当年入伍茂春杨，一颗红星军绿装。
摸打滚爬磨意志，战天斗地创荣光。
秋冬春夏按边岗，雨雪冰风抢险忙。
解甲挥毫诗赋画，军情闪烁永昌扬。

纪念抗战胜利七十五周年

抗日八年鏖血战，完全胜利炜煌篇。
倭凶野兽残邪极，中国英豪奋搏前。
俄欧除魔传捷到，东方驱盗逐场旋。
鉴明世纪铭清镜，发展和平共梦坚。

颂英雄

——贺全国抗疫表彰大会召开

凯乐嘹扬歌获胜，掌声雷动敬英雄。
舍生忘死冲行逆，生命高尊举善通。
制度优长心力聚，党魂凝中九州隆。
崇重科技创新锐，共运同舟世界融。

纪念“九一八”（新韵）

年年纪念九一八，警报长鸣牢记它。
倭寇残凶实可恨，昭彰罪恶难书达。
胜决因素百千件，万众同心是最佳。
党引飞航举高帜，忠勤初志战天涯。
子孙世代结一体，崛起民族鼎中华。

腾飞

——国庆感怀

华夏文明千百年，盛衰壮弱梓桑延。
勤劳智慧山河美，勇敢顽强疆海全。
列寇入侵民族耻，誓师复兴意刚坚。
任凭环宇风涛急，赤县乘龙腾跃前。

烈士纪念日

夜来雷响震天鸣，阵阵惊隆断不停。
今日纪怀英烈志，连绵秋雨祭忠灵。
先驱灭寇奠共和，豪杰保家维盛宁。
缅忆英雄铭记史，激昂奋进献丹青。

缅怀英烈

——纪念抗美援朝七十周年

保国卫家心赤丹，步枪炒面手榴弹。
鏖胜顽旅长津岸[①]，横扫冠师三八[②]端。
血染旌旗飘敌阵，冲锋军号彻云寒。
首赢世界恶强霸，华夏腾飞英烈安。

---

① 长津岸：指长津湖战役，中国人民志愿军第九兵团3个军，在艰难困苦的条件下，与武器装备世界一流、战功显赫的美军第十军，于1950年11月27日至12月24日在朝鲜长津湖地区进行了直接较量，创造了抗美援朝战争中全歼美军一个整团的纪录。

② 三八：指三八线，三八线是朝鲜半岛上北纬38度附近的一条军事分界线。

新征程

——贺十九届五中全会胜利召开

锦绣蓝图华夏兴，宏规伟略细周正。
脱贫致富攻艰硬，决胜小康奔强赓。
改革转型经济振，创新科技大升精。
国防铸就钢坚壁，文化资蕴润轨程。
任凭环球风浪变，特新理论①指灯明。

感怀毛主席

——纪念毛主席 127 周年诞辰

毓秀钟灵湘乐融，蓬盛日出万方红。
改天换地为民众，建党创军践兴梦。
重振山河弘业举，奋强自主九州雄。
任凭世界风云变，反霸除凌旗帜崇。
宏略英才文武睿，泰安国富五洲隆。

① 特新理论：指习近平新时代中国特色社会主义思想。

喜迎新春欢度佳节

喜彩缤纷山水美，迎辉霓虹市乡晖。
新年盛世举杯宴，春晚同心共舞霏。
欢唱胜魔宏业兴，度艰反霸正风归。
佳誉应尽担当责，节庆中华民族威。

欢庆元旦

璀璨霓虹通夜妍，歌笙弦乐彻霄环。
春初病魅肆凶掠，夏暑风雷泛滥艰。
冷眼独徒危乱港，横眉凌霸纵生蛮。
扶贫攻略满收果，北斗嫦娥飞落还。
共命同心挽狂澜，中华奋起耀人寰。

京冀抗疫赞

病魔再现凶而险，京冀城乡苦战联。
医警交关冲逆道，细查精检确周全。
人民至上崇宗旨，振兴繁荣志铁坚。
砥砺同心齐勇进，严冬过后艳阳天。

志愿军赞

骄横蛮禽天理尽，霸凌美帝掠抢疯。
侵朝战火烧边境，保国安家肝胆忠。
冻雪卧冰湖岸凛，暴烟热血岭烽红。
中华儿女英豪汉，奋杀联军威武雄。

鹧鸪天·北斗星通

浩渺太空璀璨穹。导航北斗地球通。廿年苦研争光路，三代创新高极峰。

方位准，报时钟，智能数字中芯融。勤劳聪慧华龙跃，人类同欢共命梦。

相思引·抗洪灾

风卷乌云华中漫。灌浇暴雨鄂渝川。禾淹坡塌，江泛泊超栏。

抢险救灾重性命，军民携手共心干。攻坚克难，雨霁艳阳天。

眼儿媚·抗洪防疫

雷雨连绵鄂渝川。洪涝漫江澜。田原淹没，房桥坍塌，马路行船。

危亡关卡军徽现。防疫抗洪肩。同心奋战，救人止险，定获胜旋。

小重山·抗疫英雄赞

——全国抗疫表彰大会有感

抗疫弘彰全国推。群英京邑聚，榜荣辉。决驱魔掠致功非。标旗帜，德厚技精魁。

恶疾蔽荆威。迅漫华夏地，众生危。万千精锐逆行医。团结紧，凯捷振天飞。

鹧鸪天·庆祝建党节

回首沧桑岁月长。红船建党普新章。千年封建皆除净，百国蛮强齐扫光。

肩重任，勇担当。初心牢记为民纲。康居致富勤征路，崛起神州正劲航。

满庭芳·庆建党节有感

庆党生辰，群情激荡，颂辉煌凯歌扬。石门诞党，赤舫[①]曙星光。消灭千年封帝，驱日寇，波涌风狂。新民主，雄师征战，推倒蒋家王。

奋航新中国，屹东世界，自主奔康。永记初心言，担当难忘。观望全球态势，反凌霸，抗疫冠忙。宏图展，高歌奋进，民泰国更强。

① 赤舫：指嘉兴南湖红船，1921 年 7 月底，中国共产党第一次全国代表大会由上海转移到嘉兴南湖一艘画舫上继续举行并闭幕，庄严宣告了中国共产党的诞生。

鹧鸪天·纪念七七事变83周年

“七七”炮声铭记清，全民抗日号旗令。倭夷侵占华疆土，残杀焚烧恶贯盈。

团结紧，奋争拼，中华儿女众豪英。彻驱列强东方傲，勿忘民伤更复兴。

喝火令·天问

霹雳晴天响，神舟奔太空。问天新号火星冲。探索碧穹神秘，中国傲天龙。

宇宙烟波浩，来回闪电通。疾驰科技展真功。震撼惊眉，震撼月娥[①]蒙。震撼宇环平宁，世界命灵同。

① 月娥：指月宫嫦娥。

沁园春·庆祝建军节

军号嘹扬，俊武英威，铁壁铜墙。起南昌八一，井冈兴旺，古田政本[①]，党指挥枪。英勇红军，湘江突险，草地冰山渡大江。驱倭日，延安军众奋，日伪全丧。

蒋帮反共猖狂。我解放军民气势昂。看蒋家王室，一朝灭没，人民共和，屹立东方。抗美援朝，印苏越掠[②]，所向无前保国乡。擎旗帜，勇担任奉献，发耀荣光。

---

① 古田政本：古田会议是中国工农红军第四军在1929年12月28日至29日于福建省上杭县古田村召开的第九次党的代表大会。因会议在福建省上杭县古田村召开，史称“古田会议”。这次会议在中国共产党和工农红军的发展史上有着极其重要的意义。会议选举产生了新的中共红四军前敌委员会，毛泽东当选为书记。

② 印苏越掠：“印”指的是1962年中国人民解放军驻西藏、新疆边防部队在中印边境地区对侵入中国领土的印度军队进行的自卫反击作战；“苏”指的是1969年3月2日，苏联边防军侵入珍宝岛，袭击中国边防部队巡逻人员，打死打伤6人，中国边防部队被迫自卫反击，将入侵苏军逐出珍宝岛；“越”指的是对越自卫反击战，1979年2月17日遵照中央军委命令，中国边防部队对侵犯中国领土的越南军队进行自卫还击作战。

蝶恋花·喜庆双节

国庆中秋欣喜共。丹桂飘香，皓月高穹中。近水远山枫叶陇。大江南北欢丰颂。

国泰民安齐志众。天上人间，北斗神灵动。任凭环球狂暴恐。中华复兴康强梦。

青玉案·颂航天伟业

题记：喜庆长征五号发射成功，嫦娥五号顺利完成探月绕落回旅程，并在月球表面动态展示国旗，采岩掘土，外星采样返回。深为我国航天伟业自豪，赋词颂之。

浩茫苍宇奇无尽。月宫庆，娇娥震。落月红旗悬国印。采岩亲壤，带回究本。高大精尖准。

西方封锁围攻紧。自力更生富强振。北斗天宫星际垦。核心独主，中华科阵。问鼎全球稳。

一剪梅·长五嫦五颂[①]

题记：2020年12月20日上午，神舟十号载人飞船返回舱，运抵韶山。12月17日从月球返回的嫦娥五号带回的珍贵月壤，拿出了一部分，存放在湖南韶山毛主席的故乡，用中国航天的新成就，告慰一代伟人毛主席，以纪念毛主席127周年诞辰。

胖五威风频捷传。组建穹宫，送问天渊。蟾宫嫦五绕回还，动展红旗，采壤收峦。

中国航天广宇延。自主维艰，破锁创研。感恩领袖睿谋先，新代中坚，更上高端。

① 长五即长征五号系列运载火箭，昵称“胖五”。嫦五即嫦娥五号，是中国探月工程三期发射的月球探测器。

鹧鸪天·反面教材

题记:“反面教材就是反面教员，可以教育人”，美帝国主义现在完全撕去遮羞布、假面具，到处制裁、讹诈、抢劫，歇斯底里打压中国正当发展，其倒行逆施、造谣诽谤的疯狂行径，从反面擦亮了世界人民的眼睛。

掠杀讹烧为自强，退群结伙霸凌王。无端封杀华公企，阴险挑唆胜病狂。

反教料，正能量。眼睛擦亮斗争昂。理论特色光辉照，中国振兴定盛强。

醉红妆·迎新年

——和红玉老师迎新年

龙腾华夏舞星空。历风雷，沐彩虹。扼灾除疫振兴隆。持初衷，践兴梦。

扶贫康富世奇功。娇嫦返，问天通。和衷共存荣盛同。苍海宁，五洲雄。

附红玉老师原作

醉红妆·庆新年

元开国祚岁欢荣。颂嘉辰，锦瑟鸣。脱贫丝路绽欣声。驱冠疫，握长缨。

常添春色韵纷呈。泽苍庶，共熙明。勇拓康逵祥泰世。盈紫气，巨龙腾。

朝中措·贺牛年两会召开

初春京华聚精英。谋划赴新程。党的核心航领，同心砥砺赓征。

坚持行稳，健康经济，智技创升。生态科教振兴，神州崛起辉宏。

采桑子·两会

春风岁岁京城好，两会情盛。国是争鸣。中华英豪齐聚评。

新时理论神州路，誓践初盟。谋划宏程。锦绣河山分外荣。

鹊桥仙·祝融号

题记：我国首次火星探测任务天问一号于2016年正式立项，于2020年7月23日由长征五号运载火箭成功发射，至今已飞行295天，距离地球约3.2亿千米。2021年5月15日7时18分，“祝融号”火星车成功着陆于火星乌托邦平原南部预选着陆区，完成了人类航天史上的一次壮举，实现了我国首次地外行星着陆。

苦研五载，飞程十月，惊魄九分着陆。火星喜迎地球宾，祝融号，神州天目。

深空探索，远谋发展，人类共同造福。破除封锁志轩昂，创奇迹，辉煌华族。

西江月·西柏坡

土院陋房青碾，勤艰睿智忠诚。帷筹鏖战决征程。解放战争必胜。

务必坚持谦谨，践行理想争荣。不骄不躁进燕京。中华自强昌盛。

清平乐·平山西柏坡

平山圣地。陋室谋奇伟。解放中华英筹指。独立自强福祉。

坚守务必谦风。崇扬理想精忠。勤勉赴京赶考[①]，神州自此兴隆。

① 赴京赶考：1949 年 3 月 23 日，是中共中央离开西柏坡的日子。毛泽东望着连绵雄伟的太行山，意味深长地说："今天是进京赶考的日子。"

十六字令

舟，箭接天楼月伴游，星北斗，北斗置飞舟。

反读：舟飞置斗北星游，斗北星游伴月楼，游伴月楼天接箭，舟。

念奴娇·天和

万人仰首，聚神凝目望，天和神殿。玉宇星空新一客，璀璨明珠光炫。美梦千年，飞天飘舞，浩瀚银河岸。深穹研究，太空中国豪馆。

西域列强疯狂，封关打压，阻我振兴愿。华夏英儿豪气壮，发誓自强新版。货运天舟，载人驻探，威武神舟冠。遨游霄汉，太平环宇和远。

鹧鸪天·新征程

——观庆祝中国共产党100周年诞辰庆祝大会有感

百岁年光正艳阳。担当使命再新航。栉风沐雨开天地，筚路蓝缕创炜煌。

持梦想，继荣光。人民至上志坚钢。新征号角吹嘹亮，世界和衷共济祥。

辘轳体诗 天宫天和

（一）

置飞舟箭接天楼[1]，箭接天楼月伴游。

楼月伴游星北斗，游星北斗置飞舟。

① 飞舟：指航天货运仓天舟；天楼：指我国天和空间站。

（二）

舟箭接天楼，天楼月伴游。

伴游星北斗，北斗置飞舟。

（三）

箭接天楼，楼月伴游。

游星北斗，斗置飞舟。

（四）

箭，接天楼，月伴游，星北斗，置飞舟。

贺中国共产党诞生100周年（九首）

（一）启新篇

百年巨变满风烟，金斧银镰指路前。

地覆天翻初志践，中华崛起启新篇。

（二）沁园春·百年辉煌

晓旭东方，乐鼓歌亮，旗海彩妆。看大江南北，安康锦绣，长城内外，高铁飞翔。稻果高偿，嫦娥天问，北斗精尖定位详。同心干，脱贫收满贯，振兴康强。

神州这此辉煌。凭金斧银镰英领创。昔封资腐朽，列强狂掠，山哀河暗，国破家亡。华夏英豪，党魂指引，赤胆忠心战虎狼。初心践，笃人民至上，心寄神望。

（三）满江红 · 理想耀中华

举国欢腾，隆贺庆、百年伟跋。追往昔、腐陈封建，殍魂沦殁。列寇持强狂肆掠，义英勇猛平侵夺。苦挣扎、家破国亡悲，安堪阅。

东方晓，红舶伐。强中国，心和血。铁锤银镰举，震天威屹。消灭封资为众庶，创开特色兴华烨。势浩荡、天覆地翻辉，宏盛崛。

（四）定风波 · 百年征程

石库门星破晓晨。嘉兴船启救人民。金锤银镰红帜烈。团结。领航民族巨巍轮。

波涌浪翻初志铁。冲伐。列徒驱出灭封昏。华夏崛飞扬彩勃。腾越。富强自主泰常春。

（五）普新章

百年华夏雨雷狂，金斧银镰引领航。
民族救亡承使命，灭封驱寇战沙场。
人民共和东方屹，家国繁荣独立强。
任凭环球涛浪涌，兴创宏业赋新章。

（六）百年奋斗

横空出世著宏篇，锚启红船航百年。
星火燎原燃玉宇，曙光照耀亮途前。
饱经风雨心和血，地覆天翻曲与坚。
腾奋潜龙宜四海，神州振兴顺昌延。

（七）在党 55 年赋

——接受《光荣在党 50 年》纪念章有感

金光闪闪佩胸前，暖动丝丝热血燃。世纪征程江海覆，百年初志铁钢坚。

诚为一士同酣斗，重任双肩继领先。史上盛誉千万磊，唯荣共产党臻天。

（八）新时代

万众齐心豪气壮，生机勃勃赴新程。神州锦绣城乡盛，玉宇精罗北斗明。

雄旅铁流疆海昊，环球共命五洲荣。初衷至恳为民利，理想追求矢志贞。

（九）念奴娇·韶山颂

湖南韶岭，日升高天照，光炎华野。百岁征程风又雨，成就神州宏厦。程启长沙，红船正导，救劫难民社。初心雄卓，践人民至上话。

创井冈立民权，长征万里，延塔辉中华。高举红旗驱日寇，解放九州除霸。共和球东，人民做主，谋建前程画。自强攀进，铸成当世神夏。

瑞雪欣迎辛丑牛
欢度春节
清平乐·升国旗
青玉案·海滨
采桑子·重阳节
浣溪沙·年味
破阵子·大年初一
一剪梅·春节
桂枝香·琼崖元宵
江城子·端阳
华夏一家亲（二首）
登高（四首）
国庆中秋节（四首）
捣练子·庆双节（二首）
流光溢彩中华盛（轱辘体）

伍 感事颂歌

细月
雷暴
荷塘
晨露（仄韵）
海上日出
晨霾
望海
晨曦
黄昏颂
寒风
重阳
元宵节
云
穿云涛
七月颂真情
中秋
迎新年
迎新春
岁杪

细月

细月静悬苍昊深，轻漫薄雾近山空。

苑楼灯照通宵灿，敲字求精追梦翁。

雷暴

乌云突压北窗沿，顿觉高空黑影延。

闪电瞬时雷巨鸣，倾盆雨柱注畴川。

荷塘

水中云绮柳丝肥，一对鸳鸯破浪归。

最是荷腮惊眼孔，半塘碧翠正盛葳。

晨露（仄韵）

夜半轻盈落谷帷，晶莹剔透珍珠媚。
晨光初照轻飘挥，留得滋腴丰物醉。

海上日出

骄阳破晓冉腾东，霞染奇云荡彩虹。
天际高帆浓黛影，吾当伴乘舞雄风。

晨霾

晨起轻霾罩燕郊，羞红旭日半含娇。
车流缓缓雾灯照，期待临风一阵嚣。

望海

极目遥望水接天，海含穹宇彩霞端。
波涛汹涌常无息，巨浪翻腾推拍滩。
数朵轻云悠逸度，几艘飞艇疾冲欢。
夕晖光焰惊奇幻，寄语远方诗自宽。

晨曦

雄鸡唱舞破黎虹，晨旭蓬升灿烂东。
浅露凝荷碧湖荡，初芽绽荫绿林胧。
稻香千垄勃生气，森果万重魁壮葱。
极目渺茫天尽际，霞光耀漫昊乾穹。

黄昏颂

夏初院径沐清静，草碧柳丝池水融。
处处鲜花香笑美，时时雀鸟舞歌通。
远山烟翠接连夕，近地骄姿炫极风。
晚照霓虹流彩艳，疑为瑶阁老仙翁？

寒风

初冬呼啸冷风匆，尘垢雾霾清扫空。
高宇日晴星皓深，远山林瘦壑幽通。
强梳树木枯枝折，劲吹街渠残叶终。
气凛雪冰渐透骨，犹期梅蕾报春融。

重阳

岁往月来重九望，天长地久益安康。
登高气爽扬情志，远眺秋华醉眼芳。
敬老崇贤千古赏，尊师精智万年彰。
励昌勤奋同心事，国泰家谐盛世航。

元宵节

正月元宵灯火融，今年胜似去年红。
玉盘空挂烟花散，虹彩楼妆舞暖风。
街口狮威祈运畅，高台龙跃兆丰隆。
任凭世界波涛涌，华夏雄巍稳屹东。

云

碧空无极任飘舞，千态奇姿随意悠。
柔顺润滋山野翠，怒期浓聚暴洪忧。
最妍晨旭红霞艳，万状西阳虹彩秋。
吾欲驾云民惠福，风和雨适地球酬。

穿云涛

云涛汹涌妙无穷，惊魄动魂旋绕风。
黑雾肃颜微隐浊，高山幽漫暗闲空。
远烟轻纺柔柔蔓，近目莲花朵朵丛。
天象万般奇与幻，除邪驱疟透清穹。

七月颂真情

七月颂真情，神州喜事盈。
百年庆党诞，华夏尽欢声。
初志为民祉，征程历世荣。
赓擎红艳帜，玉宇共昌盛。

中秋

仲秋时节月明圆，浩宇清幽共话娟。
眺望远乡山水亲，静思故旧忆前篇。
庭阶菊蕊盘云灿，苑圃桂香双鬓旋。
果熟瓜甜满堂乐，嫦娥同庆喜瑶天。

迎新年

晨旭穿窗送翠凉，掀帘鹊唱碧枝扬。
曦光冉冉辉天半，海浪涟涟柔岸疆。
远亲连微传快运，递哥屡达乐勤忙。
小寒岁末催春至，喜迎新年欢福康。

迎新春

冰融雪散东风暖，灿烂黄花春复烟。
挥墨对联辞旧岁，张灯结彩迎新年。
微传红雨开眉眼，网置邮通随喜前。
纵有疫危家难聚，亲情线上尽屏圆。

岁杪

冬杪云柔淡，冰融雪润川。
雾浮东泊起，光照远坡烟。
梅艳临窗秀，荷苞吐嫩鲜。
闲吟青竹径，风雨又新年。

瑞雪欣迎辛丑牛

瑞雪欣迎辛丑牛，万家千户聚庆酬。
长城内外欢狮舞，故国东西乐远游。
抗霸驱魔功捷宴，飞船天问际星舟。
任凭环宇恶徒狠，华夏康强更上楼。

欢度春节

流光溢彩迎春节，鞭炮霓虹庆硕丰。
砥砺战洪千载颂，同心抗疫百行隆。
拒凌反霸时时险，破锁冲围步步通。
北斗问天齐耀璨，巨龙华夏跃腾穹。

清平乐·升国旗

晨光初晓。红彩空天照。雄士护旗金桥早。晴宇彻扬军号。

国歌高唱凌空。礼齐仰望杆崇。肃穆庄严震撼，中华威立球东。

青玉案·海滨

连天碧海波潮涌。海鸥击，涛声汹。几数帆舟峰雪耸。泳游矫健，潜龙蛟宠。翔隼齐云动。

银沙曼衍游人众。情侣浪漫醉容梦。远处椰林风啸弄。暖阳温照，岸浪惊恫。

采桑子·重阳节

流光时序重阳九，秋色迷睛。登眺昂情。国泰家安昌盛荣。

康强道上艰勤进，日异时惊。今月更兴。夕照红云映月盈。

浣溪沙·年味

晨起鹊鸣旭冉东。迎新氛韵沐春风。红联爆竹彩旗空。

庚子鼠归鞭炮送，今年牛旺巨龙恭。奋争辉烁满天红。

破阵子·大年初一

昨夜通宵欢庆，清晨竹爆高鸣。好友亲朋相问候，尊老扶童暖厚情。金牛福至迎。

百业精筹共奋，扶贫拓实精赓。自主尖端科技握，复兴征途创伟宏。巨龙腾空升。

一剪梅·春节

迎喜金牛勤实忠。灯耀霓虹，花爆高空。家家团聚看春屏，家味鲜珍，祈福由衷。

当地过年睿理崇。快递传情，彩屏神通。全球华夏一家融，狮舞龙腾，光耀星空。

桂枝香·琼崖元宵

元宵节夕。正细雨绵绵，春雨宜适。千里烟花彩练，海天弥赤。辰星邀月穹空宴，海风清，金沙滩逸。树虹银照，楼灯光耀，客眉流怿。

彩灯火烟迷远客。观欢舞金狮，游龙姿赫。光造奇辉彩塑，谜深灯吉。高跷锣鼓秧歌起，甚繁荣，太平盛日。聚圆元夜，年年泰和，福安昌溢。

江城子·端阳

题记：正当中国人民安度端阳节，爱国热情空前高涨之际，以美国为首西方列强，齐聚英国（七国集团），密谋打压中国复兴。他们怀着旧帝国时代的疯狂，必定惨遭可耻失败。

端阳时节雨雷鸣。黑云生。闷雷轻。光电划空，舟彩泊江争。千载情怀盛传继，心爱国，至贞擎。

东方狮醒振兴宏。百强兴。地球惊。西方列强，惊恐打拦横。自主创新行稳奋，民族立，世间荣。

华夏一家亲（二首）

（一）

龙灯照晚红，皓月耀星空。

华夏庆春节，全球一举融。

（二）

华夏新春齐贺岁，全球龙裔一家亲。

霓虹迷径弥天彩，狮舞凌空振宇辰。

登高（四首）

（一）

踏霜登远山，满目彩秋鲜。

邻叟少童伴，尊长世代延。

（二）

登山高处不胜寒，极目望空碧色烟。

叠嶂层林丹彩艳，荷池幽径露光迁。

都称枫叶红英舞，更见夕霞飞半天。

喜佩茱萸相慰勉，诚祈尊老寿康延。

（三）

高处不胜远，望空碧色烟。

层林丹彩艳，幽径露光妍。

枫叶红英舞，夕霞飞半天。

茱萸诚慰勉，尊老寿康延。

（四）

时值重阳九，登高阅彩秋。

孝盈乡市角，福满阖家楼。

国庆中秋节（四首）

（一）

国庆仲秋月正圆，九州复兴彩旗欢。

桂香美酒凯歌扬，翩舞嫦娥共祝安。

（二）

窗含明月碧光幽，月夕国庆同庆秋。
银稻金瓜丹桂馥，举家团聚喜丰收。

（三）

国庆十月恰中秋，金盏玉杯邀酒楼。
华夏欢欣小康富，神州喜乐赏枫游。
抗魔初捷百行兴，反霸征途决不休。
荣泰昌盛太平世，唯行命运共商谋。

（四）

朝旭初升满宇红，彩球缤艳故城雄。
国旗高扬碧天阔，万众欢庆歌舞蓬。
丽苑邀迎观游客，畅街驰拥轿流洪。
广场霓虹物丰目，华夏巨龙腾跃东。

捣练子·庆双节（二首）

（一）

海浪唱，峻山呼。国庆中秋同乐度。
彩练秧歌天地舞，九州复兴正强富。

（二）

烟火耀，彩旗飘。山笑林歌共庆涛。
国庆中秋天地乐，九州龙舞共荣豪。

流光溢彩中华盛（轱辘体）

（一）

流光溢彩中华盛，百载风霜再启程。
历久弥新初志矢，小康奔富九州荣。

（二）

华夏腾飞党领英，流光溢彩中华盛。
天和北斗神舟渡，银汉嫦娥舞喜迎。

（三）

城乡锦绣水山明，自主创新聚世英。
海空陆军钢铁甲，流光溢彩中华盛。

小草
榄仁树
西堤桃花
桃花海
梨花
海棠花
百花争艳
月季花
榴花
葵花海
黄菊
三角梅花
枫吟
咏松
咏竹
棕阁

陆 自然物华

月季花
阳台米兰花
蒲公英
多花荀子
秋菊
菊
桂香
螳川桂香
英雄木棉花
桃花雨
海棠花雨
紫薇花
夏雨夏花
寒风
枫
咏枫

一斛珠·樱花
江城子·玉渊潭赏樱花
天净沙·樱花满园
醉太平·丁香花
天净沙·梨花颂
赏樱花

火龙果园

花雨

花雨吟

牡丹

醉花阴·月季花

相思引·紫薇花

卜算子·咏菊

千秋岁·吟菊

蝶恋花·小花

桂枝香·桂香

殿前欢·三角梅

虞美人·紫荆花

卜算子·琼花

春晓曲·玉兰花

行香子·傍晚荷塘

卜算子·椰韵

月季花

夏炎浓绿满城荫，月季争赓靓彩情。

玉蕊青茎馥香远，道旁文苑竞丽盛。

阳台米兰花

嫩枝青郁叶鲜翠，繁卉烟黄喜艳晖。

香蕊清芬飘画苑，挥毫泼墨客无归。

蒲公英

坡谷清凉野草荒，小花绽放浅金黄。

绒球烟絮随风扬，不羡名冠蕊远香。

多花荀子

秋爽清凉霜已常，满园苍翠叶飘黄。
繁红妍丽晶珠耀，久经更鲜傲众芳。

秋菊

晚秋丽日东篱下，娇艳玉脂新嫩姹。
虽不与邻媲素馨，百花宁静谦幽雅。

菊

姹紫嫣红绽暮秋，晶莹剔透醉眸球。
奇姿艳舞客荣赏，尊雅傲霜清正幽。

桂香

秋残百卉凋，落叶水萍飘。
丹桂妆新艳，蕊香千里遥。

螳川桂香

千里京城游远镇，螳川十面桂香浓。
百花羞涩宁幽静，独见菊金矜肃容。

英雄木棉花

挺拔雄豪骄日下，赤红壮丽俊韶华。
纵然落地丹辉烁，三叶花蕉[1]羞闭葩。

① 花蕉：指美人蕉（亦称小花美人蕉）。

桃花雨

芳草翠青新，桃花正艳缤。
春光偏吝短，纷落雨飘尘。

海棠花雨

海棠树下吟诗韵，一阵东风花雨倾。
明晓春光留不住，双飞燕子唱无情。

紫薇花

晨露鲜苞蕾蕊丰，暖阳催促艳娇红。
夜清月静消闲暇，百日芬芳舞惠风。

夏雨夏花

连天雨后百芳微，月季孤行屋下菲。
单等晴空千里际，夏花处处竞生辉。

寒风

朔风劲吹叶狂飞，雪露毫芒岁冷归。
羽服难防寒酷袭，天伦挚友热心扉。

枫

深秋天碧气清爽，落叶飘悠阶石霜。
草翠花疏银杏秀，独吟枫木醉红岗。

咏枫

东岸苍崖独一方，春晖夏绿逐橙黄。
朔风吹拍荷香远，初凝寒霜红叶芳。

小草

无名小草漫山冈，错落青葱雾沁芳。
阡陌烟蒿堤上露，报春知夏画屏藏。

榄仁树

海南四季鲜花艳，秋尽焉知冬已残。
榄叶[①]最明春雨暖，翠茵新嫩复枝兰。

① 榄叶：指大（小）叶榄仁树。

西堤桃花

题记：欣赏网友颐和园西堤桃花美照，如身临其境。

年年春晓桃花娇，今岁更比去岁妍。
彩蝶恋蜂欢舞咏，西堤馨蕊醉醇鲜。

桃花海

满目桃花银雪海，映光碧浪万层开。
迷蜂彩蝶群飞舞，馨蕊清悠半醉哉。

梨花

烟花雪海野川芳，不羡桃红玉苑妆。
千朵万丛银浪远，清香一世正风光。

海棠花

雅俗清灵艺陌旁，花神千载盛名扬。
幽园桃杏梨樱绽，唯海棠臻国艳芳。

百花争艳

春光明媚艳阳天，百卉争妍蜂蝶欢。
咤紫嫣红山海秀，奇丽灿烂万方丹。

月季花

初夏京城映靓装，胜春满眼竞菲芳。
林园粉紫浓情逸，道岸红黄迷彩镶。
玉蝶凝神羞不美，勤蜂极目静观旁。
最珍四季花同艳，信步郊游皆鲜光。

榴花

艳阳西照柳亭荫，榴火成行楼翠屏。

叶嫩枝柔沐三伏，花芳球玉暑时婷。

春芽抽绿婀姿丽，夏茂繁英色彩馨。

百子密生甜果实，福禧昌盛吉祥星。

葵花海

黄碧色分明，蕊心向阳亮。

风吹波落金，影动叶凝相。

核味百鲜香，葵油千韵酿。

秋来体态丰，欢曲尽情唱。

黄菊

鲜辉黄嫩簇葱坪，沐浴秋风彩绚盈。
晨露滋腴苞粉艳，晚霞晖照瓣金英。
天高气爽望飞雁，云淡芸香满锦城。
日暮月凉山寂静，吉祥温厚节清诚。

三角梅花

琼崖百卉四时连，唯独角梅当举妍。
楼榭绽颜眸醉眩，篱旁娇嫩蕊香延。
骄阳催吐全城烂，雨后多姿满壁烟。
蝶恋蜂迷酬美誉，椰吟波唱海州仙。

枫吟

风冷霜凝雁远飞，荷萎菊瘦苇花挥。
竹枯柳暗叶迷径，天苍云悠草木微。
谁说深秋萧瑟寂，枫妆山色醉芳菲。
霞衾彩绚辉穹半，欣获丰盈喜悦归。

咏松

百岁沧桑观世俗，万年骨韵傲严霜。
春岚喜迎艳花海，秋露暗催凄草冈。
烈日风涛洗梳沐，寒星冰雪换新装。
枝繁叶茂散香馥，高岸峻岑遥客望。

咏竹

窗东碧翠幽，茎节挺高抽。
青叶随风响，塘滨清逸修。
嫩枝春色茂，夏和热浪悠。
秋傲酷霜冷，不凋冬雪柔。

棕榈

披鳞挂甲威严阵，独凛将军号令明。
树势挺然英武纵，枝葱盎笼翠茵盛。
艳阳浓荫遮风雨，皓月高悬启妙谟。
茎叶肤花皆济世，庭园径岸福盈睛。

火龙果园

题记：火龙果是仙人掌科，攀援肉质灌木，分枝多，延伸，叶片棱翅状，深绿色至淡蓝绿色，骨质；花漏斗状，于夜间开放，昙花一现，美轮美奂。火龙果不仅味道香甜，还具有很高的营养价值。它集水果、花蕾、蔬菜、医药优点于一身。2021 年 1 月 28 日，我与几位好友亲临三亚市吉阳镇下寥火龙果园，体验果农的辛劳，品尝鲜果味的甘甜，特记之。

四面青山和煦天，火苗点点碧川烟。
盘枝错节君王剑，花蕊金黄夜半妍。
闪闪跃龙红焰燎，津津甜美紫心鲜。
篓沉笠下汗流背，网售宾欢信誉全。

花雨

春浓物竞长，千紫万红妆。

杏李芬芳雪，桃樱玉海霜。

东风无意吹，花雨粉泥浆。

岂怨天时变，金秋更艳光。

花雨吟

归雁长鸣百草萌，千红万紫顺时英。

赤黄粉白妆多艳，鹊蝶莺蜂舞日晴。

惜吝春光温润短，何容花雨逸飞萦。

游云不管年华快，一样天边霞彩生。

牡丹

春风吹过变温悠，阳日斜晖静洒柔。
孔雀惊眸不展翅，飞天收舞下凡游。
雍容清雅花英簇，华贵娇丽锦艳稠。
人道芳香倾国色，何曾玉宇见它优。

醉花阴·月季花

京城初夏风光好。满城长春[①]窕。浓郁蕊香飘，林苑途沿，红粉金颜笑。

驾车畅意观光早。恰似江南俏。艳丽不称王河畔篱墙，四季芳馨耀。

① 长春：月季花亦称长春花。

相思引·紫薇花

朝迎晨光独自芳，穗繁色艳叶清凉。夏炎酷热，百日鲜红妆。

暑伏催荷青更褐，粉银紫蕊竞幽香。馥馨满苑，夜静赏星光。

卜算子·咏菊

飘逸卷浪开，幽雅香飘彩。仙态花晴粉蕊娇，气韵清新藹。

玉烟紫龙飞，羞女胭脂海。无意争奇斗艳芳，万卉凋残败。

千秋岁·吟菊

姹姿嫣婧。晶莹仙柔影。白浪卷，龙须盛。紫旋茵玉菲，金带飘芬冷。妆秋苑，迎宾醉眼廉清敬。

天湛高空冷。叶落浮萍洞。草败萎，寒霜径。菊娇望世俗，倩影和风正。冬雪到，来年秋实欢新映。

蝶恋花·小花

塘畔小湾花绽艳。红白黄橙，形异芬芳染。暖煦和风柔远泛。群蜂彩蝶忙工啖。

眺望远川花斗艳。径彩环池，痴恋迷情范。长曲柳丝烟翠淡。知春报夏秋妍减。

桂枝香·桂香

临窗远目，恰月令盛秋，晨露清肃。丹桂幽芳绮练，碎花金簇。浓馨欲醉香千里，阵柔风，推篁斜矗。夕香渐淡，东阳复起，炎天馨足。

叹往昔，妍馨竞逐，翠菊绽枝头，娇艳赓续。皓月悬高，寒气怎生轻辱。秋残百卉凋萍水，桂香黄菊新妆绿。痴情男女，携心欢唱，碧流情曲。

殿前欢·三角梅

媚柔红。琼州山岭染妆彤。骄阳越越更娇弄。香蕊凌空。

天生玉艳容。游人宠。蝶恋蜂迷拥。琼崖锦绣，仙界瑶宫?

虞美人·紫荆花

题记：紫荆花又名紫金花。相传当年为反抗英国政府强行租借香港新界，数千名爱国群众揭竿而起，遭到残酷的镇压。劫变过后，村民们在桂角山建造了一座大型坟墓，合葬那些壮烈牺牲的英雄，后来桂角山上长出一棵从前没见过的开着紫红色花朵的树。几年后，那种花开遍了新界山坡，色彩缤纷，尤其是清明前后，花期正盛，像是对烈士的缅怀，民众将其命名为紫金花。现在紫荆花盛开岭南各地，花期长，延穿冬春两季，是我国华南地区优良的园林绿化树种。

四时常绿枝繁茂。花簇缤纷秀。喜阳馨蕊饰芬芳。风劲落花红地艳明光。

清明季节正盛久。缅献英灵厚。勇雄鲜血染妍裳。华夏兴隆光彩屹东方。

卜算子·琼花

炎照斗奇菲，百卉添新蕊。红白黄橙绽紫烟，醉眼舒心美。

风冷玉枝清，云散花馨翠。海岸楼旁绣锦山，玉景常年媚。

春晓曲·玉兰花

春风一夜幽兰蕾。朵朵苞尖粉菲。苑清馨逸玉银辉，妙远醉醒芳木卉。

行香子·傍晚荷塘

信步荷塘。曲径通香。柔风吹、阵阵清凉。彩云幻画，燕雀欢双。艳丽荷绽，碧荷叶，蕊荷香。

客闲怡漫。轻曲思乡。孩童忙、惊散鸳鸯。远山朦影，夕照霞裳。岸荫堤旁，阶堤坐，离堤忘。

卜算子·椰韵

风吹尽情幽，叶摆欢招友。海岸滨河雅逸林，挺拔葱葱秀。

艳日照舒颜，细雨绵绵佑。椰汁甘甜美酒清，更有椰蓉厚。

一斛珠·樱花

满眸素艳。层层粉雪琼光闪。湖滨丘陌胭英淡。嫩蕊馨天，馥卉芬芳泛。

彩蝶纷飞花间览。勤蜂繁碌菲中嗛。树间游客群争鉴。只见芳鲜，碧柳雕廊暗。

江城子·玉渊潭赏樱花

微风春早乍清凉。柳丝扬。碧波沧。樱蕊雪花，银白透芬芳。香径水滨人海拥，花彩下，喜洋洋。

晨光晴宇燕飞翔。玉桥廊。彩舟航。树映湖滨，鱼鸟画中藏。花卉玉渊潭苑赏，天地和，享安详。

天净沙·樱花满园

春晨玉苑清馨，满园银蕊芳英。远客兴游激情，虹桥滨径，水含天彩云横。

醉太平·丁香花

群蜂若狂。途人四望。芬弥醉客楼旁。怎来如此芳？

漫园艳妆。娇柔暗藏。原来正是丁香。四周馨远扬。

天净沙·梨花颂

梨园雾远晨霞，万花银白连家。院外何言散沙，醉眸不暇，一川清雅奇纱。

赏樱花

（一）

春晨玉苑赏樱匆，滨岸垂丝吹向东。
馨蕊满园银粉浪，琼芳弥道菲盈风。
微波舟棹歌幽起，香径阶桥人拥逢。
虽是阴云轻雾罩，树花映水一湖红。

（二）

晨雾迷茫风乍凉，踏青乘兴赏樱香。

满园粉蕊银波鲜，花下鸳鸯对语翔。

（三）

满园胭粉雪，馨蕊恋蜂娇。

花艳迷人醉，风柔更媚妖。

春满西堤
惜春
暮春
浣溪沙·春耕
浣溪沙·春风也醉古稀年
如梦令·春寒
醉春风·春雷
雪花飞·春雪

柒 暖阳春韵

春华
春归
春回
知春
春风
仲春
三月颐和园
吟春
春苑
春色
春思
春景
春游
春意阑珊
春雨
春忙
春晨

春华

风云激荡又年终，华夏欢腾新岁隆。
党建百年辉烁路，神州巍岸屹球东。

春归

风雨滋萌柳萼青，残冰消尽莅凉亭。
桃梨嫩蕾清香远，旷野冬禾露浅馨。

春回

窗前垂柳徐徐绿，河畔春花处处新。
鹊唱枝头风意暖，煦阳普照草芳茵。

知春

冰覆压枝偏，桃萌蕾浅鲜。
湖滨黄一朵，春已上前川。

春风

一夜吹过催地醒，暖阳普照万灵生。
朝华蓬焕清舒快，振奋神情再启征。

仲春

桃红柳嫩春过半，细雨惊雷草翠鲜。
云淡雾岚清朗宇，莺飞燕语彩花烟。

三月颐和园

三月颐园百卉妍，桃花堤岸彩云天。
昆明湖水映楼阁，馨蕊香波感岁年。

吟春

轻风细雨柳丝柔，桃蕾芬芳新叶悠。
仰见双燕衔泥宿，方知春仲暖梢头。

春苑

煦光温暖漫园柔，丝柳英黄独尽头。
槐朵不甘渐翠绿，玉兰蕾粉示风流。

春色

栅透单枝秀，招来蜂蝶忙。

晴空山翠绿，满院百花香。

春思

风梳柳嫩黄，蜂恋岸花香。

天地煦阳暖，韶华到处芳。

春景

斜日映霞虹，山川叠翠葱。

李桃花簇艳，莺燕舞春风。

春游

桃梨花海兴游春，艳蕊芬芳绽柳滨。
靓丽痴迷难舍去，不知空际已星辰。

春意阑珊

夜雨朝晴借晓风，桃花纷落自泥融。
惊雷一振和春去，已见天香[1]艳绽红。

① 天香：指牡丹。

春雨

春风细雨漫，柳絮遍丛残。
草翠宽途侧，荷尖碧水滩。
鼓蟾鸣浅蔽，彩蝶舞花端。
云散霁峰岭，煦阳滋物安。

春忙

夜雨绵绵洗故城，晨风清爽露晶莹。
湖滨古柳柔丝绿，墙外桃枝苞蕾萌。
三月黄花双碟恋，暖阳庭院对燕惊。
最忙耐劳牛耕种，农牧林渔春始营。

春晨

信步赏春湖岸行，河边野鸭闲浮游。
远山霁雾红光透，近水含烟舟帆悠。
众丽街亭双袖舞，群童翠草纸鸢投。
恋蜂彩蝶齐飞扑，方悟桃花原上稠。

春满西堤[①]

春风又到颐和苑，桃蕊西堤醉玉烟。
粉白灿黄繁盛衍，馨香飘散远迷天。
蝶酣蜂舞痴围空，芦翠荷尖争觑前。
照录描生灵活动，吟诗赋咏画真鲜。

① 西堤：西堤是颐和园中一道蜿蜒水中的长堤，仿杭州西湖上的苏堤而建，其上建有六座桥亭。

惜春

桃红柳碧草芽新，归雁空鸣已仲春。
远岭淡妆萌浅绿，近池枯菡露鲜茵。
满眸艳卉芬芳苑，暖日斜晖翠彩滨。
不胜东风梳栉猛，英花落地渺无尘。

暮春

柳堤渐荫絮飘飞，水岸桃花已渐微。
连雨涧溪湍急浚，艳阳物象弄妆辉。
乐容皓首清闲往，喜见韶华意气归。
安得谨思图百事，始成功半更严威。

浣溪沙·春耕

三月暖风扑面清。日辉大地紫光腾。柳芽翠草燕归庭。整地施肥优选种，披星戴月累愉情。今秋丰盛国兴荣。

浣溪沙·春风也醉古稀年

三月桃花争艳丹。烟波芳远彩云天。碧湖影映幻奇卷。闲步柳滨馨蕊净，赏春韶妙聚兴欢。春风也醉古稀年。

如梦令·春寒

昨夜风停雨骤，沉梦又回故幼。窗晓迎韶光，花落树根枝透。知否，知否，应会苗青芽厚。

醉春风·春雷

岭暗催归燕。云横飞絮乱。长空浓雾震霆霓。盼、盼、盼。风疾穿林，雨新浇地，霁岚盈漫。

静看湖波散。灰云东开半。夕阳彩绚畅怡情。叹、叹、叹。晴晦无常，艳阳出照，朗乾云远。

雪花飞·春雪

三月春风突冷，天阴瑞雪飘匆。山野银装素裹，祥兆丰隆。

桃蕾尖胭粉，寒梅覆雪红。和煦温阳雪化，万物新蓬。

小重山·秋

秋华四首

捌 金秋抒怀

秋月
家园秋韵
温泉秋色
秋暮
自驾秋游
秋韵
秋晨
春城秋雨
秋雨
庭院秋韵
秋苑
秋阳
一斛珠·秋思
普天乐·赏秋
江城子·秋枫

秋月

斜照蟾光入画房，浓芬醒目木犀香。

抬头问月寒宫主，丹桂庭前正绽芳。

家园秋韵

朔风一夜顿清凉，遍地叶飞银杏黄。

小瀑丁零诉寒冷，唯仰月季独凌霜。

温泉秋色

四围翠岭曲溪鸣，多彩三迤秋色盈。

碧玉天泉琼液润，清柔温泡绝尘净。

秋暮

日暮月悬高碧天，满园香桂曲桥边。
游童溪岸嬉鱼玩，老叟磋拳玉陛[1]前。

自驾秋游

原野奔驰高速延，蓝天浩瀚白云烟。
杜鹃叠岭妆辉亮，枫叶林坡缀赤妍。
飞驾麦田金谷涌，浏观锦绣媚河川。
年年纵有盛秋旅，处处今朝展视鲜。

① 玉陛：帝王宫殿的台阶，通常指朝廷。

秋韵

秋日斜阳照荷塘，桂花庭院九重香。
高天碧宙雁飞逝，大地芳茵菊圃芳。
风暖温柔微妙扬，溪清静婉暇闲凉。
仰望苍宇月升起，邀友遨游赏锦光。

秋晨

晨旭穿窗屋堂亮，掀帘惊鹊点头忙。
眼前树海暗苍秀，楼后翠茵萎浅黄。
昨夜梦中回故里，今朝约友赏秋光。
赋诗墨画蒸茶饮，秋月何愁两鬓霜。

春城秋雨

昆岫[①]入秋早，叶葱盛似春。
夜来风雨过，净洗漫新尘。
晨旭满天彩，遍山珠蕊茵。
依栏环目远，清静悦心神。

秋雨

秋雨夜深霏阵阵，翘檐漏滴敲声声。
茂林净洗苍新碧，清气纯鲜锐醒情。
难觅百花园地锦，独欣艳菊冷芳英。
远眸静思重阳临，诗意闲情阅此生。

① 昆岫：昆明也称昆岫。

庭院秋韵

曲径竹亭凉，幽园桂蕊香。
红霞迷晚霁，黄菊绽庭堂。
雁去碧空静，麦收原野茫。
月悬高宇皓，啸曲顺风扬。

秋苑

天净新凉阳艳照，满眸秋色彩芬芳。
风摇苍竹轻斜响，云过疏桐落叶黄。
幽径石桥银杏岸，曲廊画柱菊金镶。
最欣枫木红盈醉，老幼闲游摄景忙。

秋阳

和煦清风幽苑英，闲游枫木叶正橙。
虹墩琼洞柏枝黛，溪水潺流菊蕊峥。
荷泊苇萎鹅起舞，草微桐褐鹊鸦惊。
人生苦险逢红夕，高宇鸿飞丹桂盈。

一斛珠·秋思

秋凉月朗。徐徐风冷枯枝漾。凭栏远眺西山妄。云雾飘来，细雨敲窗响。

晨霜散尽秋菊旺。庭前香桂争奇赏。旷野谷稻忙移帐。喜笑颜开，丰足欣欢唱。

普天乐·赏秋

晓风凉，柳丝枯。秀菊芬芳，清幽如故。桂花黄，香留久。最赏月季盈妍开，妆春艳夏增秋秀。几经暑霜，星月晨夕，默绽彩酷。

江城子·秋枫

几番登岭赏秋风。望寒空。月西峰。霜凝枫木，远极耀金红。千壑万山奇绚丽，词趣赋，醉双瞳。

小重山·秋

日落西山秋暮凉。孤鸦疏木唱，叶飘香。古琴箫曲远楼扬。随步进，台榭月明光。

香桂鬓边芳。菊黄清艳媚，节时苍。蟾光[①]晰晰物多妆。锦字缺，妙句莫成章。

秋华四首

——步韵红玉老师小窗秋记四首

（一）秋菊

碧叶奇花万木秋，推云翻浪态清幽。

多情鲜嫩欢莺鹊，引蝶痴蜂香远留。

① 蟾光：月光。

（二）秋桂

暖日丹霞桂蕊秋，晓风香韵洗乡愁。

荷塘深隐鸳鸯影，月下字斟诗不休。

（三）秋月季

妆春艳夏几经幽，星月晨云梦里游。

虽是盈秋冷风曲，苑庭篱畔丽成舟。

（四）秋紫薇

岁华春夏半秋流，阳艳照闲分外柔。

高宇晴穹芳艳陇，西风何意烈梢头。

附红玉老师原作：

小窗秋记四首

（一）

叶舞飘零又一秋，蛰声泣露送清幽。

推窗惊悚两三鹊，化作诗行锦字留。

（二）

一枕新凉一叶秋，西风不解客乡愁。

寒光入画浮沉影，月满空庭梦未休。

（三）

天净寒沙夜色幽，西窗落月画中游。

今朝玉露昔时曲，素笔寻香载梦舟。

（四）

一任寒江逝水流，夕霞催暮小灯柔。

拈香成韵耕诗陇，何惧清霜染白头。

雷暴
骄阳
音乐喷泉
北大桥观海
大连星海广场
海雾
登旅顺白玉山
千丈岩
骤雨
中华太极拳
晨练太极拳
聆赏古筝
品茗
高铁
采摘
傍晚观海

玖

诗画风情

高峰论坛
湖亭望月
打卡天岚湖
海霞
雾驾
山庄
山林
山瀑
山径
山湖
农家
雨中原
雨中情
雨中忆
西山风光
暑热冷饮
夕阳西霞
柳岸清荷

天仙子·月牙泉

画堂春·海崖亭观海

浪淘沙令·七月大连金石滩海湾

浪淘沙令·月下荷池

游泳（四首）

十六字令·天（四首）

西桥古柳话春秋（轱辘体）

仰月
高空览胜
雨中游
风雨
雨后
棒棰岛
金石滩
珠帘卷·赏古筝
调笑令·夕霞
江城子·中秋月
忆秦娥·望叹太空
清平乐·山雨
天净沙·打卡舞彩浅山
渔家傲·雨中行
浪淘沙令·京城七月天对弈柳岸
渔家傲·雨吟
画堂春·金石滩地质公园

高峰论坛

岁岁高峰频聚研，时时共识更新篇。
交流实践勤弥短，科技精优争创先。

湖亭望月

流阁飞檐湖岸亭，碧波连野桂花馨。
绿茵秀霓漫天耀，皓月高空银宇宁。

打卡天岚湖

清晨风静净新空，打卡岚湖太极功。
雀跃花明香蕊远，朝阳映旭半塘红。

海霞

红日西斜艳半天，带云彩练露羞颜。

巨波翻雪滩岩暗，鸥鸟飞梭画影娴。

雾驾

烟霭腾翻倏面飞，遮天蔽日驾云归。

雾灯雨刮齐开动，全靠导航精准挥。

山庄

山间楼红碧竹英，溪围苑柳曲池清。

花丛幽径新风雅，独有蟾轮一样明。

山林

三月树花烟谷岭，暑阳枝茂叶重浓。
金秋硕果丰盈满，冬雪冰凌似锦封。

山瀑

飞溅银瀑高崖挂，奇石垂悬碧涧牙。
好是斜阳穿树照，虹霓彩耀似朝霞。

山径

石阶曲径通烟岭，树草金秋异绿春。
独有涧溪常澈底，年年欢唱迎游宾。

山湖

山岚碧水曲林滨，倒映云天鱼鸟亲。

湖上亭舟灯似砾，去来复往观流辰。

农家

阔道高杨通户门，白墙红瓦气清新。

木桥柳栅无踪影，只有乡茶照样醇。

雨中原

千垄麦香逢玉露，万顷稻浪获琼浆。

瓜蔬菜果欣甘得，老叟眉开祈满仓。

雨中情

甘霖洗柳新，滨岸寂无人。
忽见琼桥孔，三生话赏春。

雨中忆

幽径深林雨细蒙，石阶虽湿岭尖通。
春华当日登高望，一路歌谣一路风。

西山风光

春花桃李满山香，秋飒红枫峻岭霜。
若为悠云傍晚过，霞光艳染彩虹妆。

暑热冷饮

朝朝暮暮热风匀，快递归来送冷醇。
如此闷烦如此待，暑天心静脑清新。

夕阳西霞

西阳斜照染云红，晚暮天边霓彩虹。
如此霞光如此艳，醉痴多少赋诗翁。

柳岸清荷

柳岸晴川水碧流，扁舟轻荡玉箫悠。
掉头穿越西堤堰，又见清荷一片稠。

雷暴

朝炎远岭起苍烟，午后重云压屋檐。

阵阵暑风荷叶动，年年七月暴雷天。

骄阳

七月骄阳红似火，柳滨信步永昌河。

夏花两岸迷沉静，独见金葵昂首娑。

音乐喷泉

交响动休场，喷泉随曲荡。

灯奇彩焰长，惊艳天花仰。

北大桥观海

玉桥高架翠滨丘，幽阁遥望瀚海舟。
石岛沙礁银浪静，红楼碧岭白云悠。

大连星海广场

碧草清幽一阔洲，环楼灯艺画中稠。
车驰人悦悠云海，鸥击晴空浪遏舟。

海雾

海雾弥空不见天，霖微晶露滴湖莲。
请君须备随身伞，暴雨来时甚突然。

登旅顺白玉山

白玉山巅登石塔，眺望海宇正晴霞。

青丘高厦奇环绕，千百舟船浴丽华。

千丈岩

高崖千丈暗，飞瀑落重天。

幽谷腾烟起，斜阳彩霓妍。

骤雨

骤雨随风阵阵催，瞬时路漫怒涛堆。

雷霆电刺乌云罩，客急飞逃不及回。

中华太极拳

中华太极世人崇，辩证充融武艺雄。
形正炯睛嵩岳稳，气舒润面络经通。
掌擎意凝一方阔，肢指神怡七彩虹。
内外兼修柔缓劲，强身颐性击玄功。

晨练太极拳

池畔林荫宽广边，清风潇洒炫奇拳。
素妆形正托天起，润面气舒融内玄。
神定体轻颐养性，意凝臂劲划云烟。
畅音悠扬舞东旭，文采厚重华夏传。

聆赏古筝

娇姿筝后舞蹁跹，玉指连波扬玉烟。
勾套剔摇飘妙乐，按揉震颤广渊巅。
名词悦耳千秋载，著傅胜蓝百代传。
音美色悠闻客醉，中华文苑彩斓妍。

品茗

静凉茶榭暖阳移，品茗宾邀叙往时。
香郁笑谈天下事，幽纯论高古今诗。
馨藏败成皆宜鉴，清醒非正何足奇。
明月东升暮秋落，致兴入舍吟独词。

高铁

恰似流梭顺地飞，跨河穿岭逞英威。
京郊秋色方时醉，江岸姑苏逐景菲。
窗外云川流屏绝，车厢馨洁静心微。
吾当欲驾神州览，绿水青山尽载归。

采摘

金秋果正黄，清早地初霜。
红叶遍山岭，群蜂采摘忙。
青原桃枣脆，绿野凤梨香。
宾客嬉尝美，归车装满箱。

傍晚观海

极目遥望天海流，碧空净阔任清幽。

云浮高逸呈奇幻，水涌波涟载舰舟。

日暮夕阳霞绚烂，沙金岸啸浪花悠。

健鸥翔舞涛声乐，浩渺风情镜敛收。

仰月

古镜幽光升夜东，椰风奏唱彻霄空。

皎蟾净宇怡心畅，银汉清闲悠幻梦。

嫦五凯归寒殿静，问天盛临众辰躬。

飞天自古神虚壁，当下群星北斗通。

高空览胜

晨曦清馥离京兴，高乘南飞座客东。[①]

朵朵白云莲池映，斑斑镜泊壑原葱。

春来大地百花艳，秋往山川千叶红。

倾国舜尧齐振奋，九州锦绣盛祥隆。

雨中游

烟霏浮岸口，湖阔一舟游。

雨打船轩盖，风吹客扭头。

依栏望远岭，座凳赏灯楼。

任凭波涛涌，心平似月幽。

① 京兴：即北京大兴国际机场；东：指东方航空公司。

风雨

盛夏艳阳天，轻风暑热烟。
乌云傍晚密，细雨旦晨绵。
荷茂花尖嫩，篁幽柳叶鲜。
伫窗望故远，岁月启新篇。

雨后

霖过竹径幽，翠露滴珠流。
莺燕槐枝尾，鱼蛙荷下游。
云开花卉艳，风引苇葭悠。
闲的消清静，吟诗抒晚秋。

棒棰岛

环瀛仙雾击鸥空，坪草茵丘锦簇红。
翠竹幽阶通岸远，丹枫墅舍隐林葱。
瑶台明幻苍崖间，雅榭清馨木艺中。
凭海翘望吟遗韵[①]，初心自有少华忠。

金石滩

滨山碧翠墅楼连，环海烟波浩渺天。
远古石奇灵幻绝，现时栈曲雅光妍。
百川金岸锚船舰，千顷幽塘养殖鲜。
亭阁长廊浪漫律，岩崖缤彩画云仙。

① 遗韵：指毛泽东主席手书叶剑英元帅七律《远望》。

珠帘卷·赏古筝

娇姿舞，玉纤浪。勾推摇乐飘香。名曲幽馨千古，音谐悠渺茫。

搓揉振玄洪亮，贤师绝妙传彰。文苑厚深晖灿，清静享，醉云翔。

调笑令·夕霞

西照。西照。缤纷绚丽霞耀。秋风不尽残荷，菊艳枫红月和。和月。和月。长空气清凛冽。

江城子·中秋月

薄云遮月北窗过。晚风和。树吟歌。往情烟过，萦绕梦忧多。远眺故乡山水美，双鬓白，恍如梭。

忆秦娥·望叹太空

高空月，浩茫幽空繁星悦。繁星悦，高清更代，量通穿越。

中芯北斗精灵绝，问天腾火星空冽。星空冽，鸿渊深奥，辟途新阔。

清平乐·山雨

微风徐扫。云重空天罩。葱茏浅山渊林莽。烟雨蒙蒙缥缈。

远岭霁黛无尘。碧波翠荷幽滨。信步坡林安逸，逍遥沐浴清新。

天净沙·打卡舞彩浅山

绿水茂苇黄花，曲桥绳栈幽洼。碧岭奇峰客家，登高茶话，太平盛世中华。

渔家傲·雨中行

天暗云灰山黛远。绵绵细雨飘通晚。雨霁荷园游半圈。撑红伞。风光无限迷双眼。

往事如烟云水间。诗情词律知几卷？岁月沧桑书案砚。怡如愿。夕霞彩照更珍恋。

浪淘沙令·京城七月天对弈柳岸

日艳挂中天。热浪生烟。晴空万里寂无边。飞鸟蝶蜂都不见，车往驰还。

柳蔽画廊轩。对弈摇扇。波澜壮阔稳胸间。任凭环球风雨变，心静如山。

渔家傲·雨吟

静伫凉轩昂首看。蒙蒙诗雨飘如幻。云律风吟奇惑眼。追梦远。诗情画意恢宏卷。

雨打窗沿歌华璨。雾漫山野妆新苑。风起雨停清爽涣。乌云散。霞光虹彩空天满。

画堂春·金石滩地质公园

怪岩奇石栈桥亭。临栏眺远云瀛。浪涛汹涌拍崖层。千古峥嵘。

日日朝霞夕彩，年年秋月春英。任凭暑暴雪冬凌。沧海纵横。

天仙子·月牙泉

四面流沙鸣谷岭。半月清泉幽雅静。清波映彩万年恒，通仙景，晖星影。历尽沧桑奇一景。

画堂春·海崖亭观海

海崖玉阁望洋遥。夕霞斜照云烧。碧波银浪黛桅高。天海鸥骄。

静忆沧桑岁月，鬓霜神采年韶。任凭风暴雨繁消。闭目听涛。

浪淘沙令·七月大连金石滩海湾

浩渺海连天。鱼艇兴旋。晚风拂面极眸闲。澎湃心潮临曲栈，惊浪浮烟。

滨岸碧峰环。红墅星繁。彩云映水韵浪漫。奇石金滩千古远，沧海悠然。

浪淘沙令·月下荷池

朗月挂中天。妙映湖沿。独行幽岸柳旁轩。碧叶层层裙舞婉，错落无边。

菡萏立波鲜。出浴天仙。粉尖嫩靥净清妍。飘洒银光漫远幻，香郁塘园。

游泳（四首）

（一）池泳

碧水映蓝天，白云池底烟。
奋飞推雪浪，游逸远天边。

（二）海泳

海天银极延，波涌谷峰巅。
涛势逐流远，粉丝惊岸悬。

（三）江泳

日照帆船远，风平流急溅。
江湍波击横，健泳仰观天。

（四）冬泳

玉桥冰雪残，河中不胜寒。
突觉清风透，迅游波影澜。

十六字令·天（四首）

天。
艳日高辉暖世间。
风雷动，盈裕万家田。

天。
夜静繁星闪耀漫。
柔情月，梦里忆当年。

天。
北斗巡航稳准冠。
通灵快，人类共欢安。

天。
浩渺幽深极未边。
通天问，探索宇穹渊。

西桥古柳话春秋（轱辘体）

（一）

西桥古柳话春秋，桃蕊清明芳远悠。
归雁碧空斜线上，山川秀绿盎然稠。

（二）

暑夏荷风漫苑周，西桥古柳话春秋。
果瓜丰收枫红遍，夕照残霞最艳流。

（三）

月清高岭北风飕，瑞雪漫天客在楼。
聚远亲朋辞旧岁，西桥古柳话春秋。

静园
问雷
沙尘暴
仰月
夏日临窗
信步柳岸
月夜
柳岸清荷
夕阳西霞
暑热冷饮
大湖美食岸灯映
白云悠悠
寄语晚辈
共话高考后
暑夏闲步
深夜静读
无题

拾 繁华敬陈

赞天使
赶路
踏晨
夜读
海霞
鉴湖钓翁
冬闲
飞车海滨游
椰城江海岸
梨园
怜花
东风无情
新过隧道
雨
喜鹊
四月风
无题
山河颂

鹧鸪天·风筝

踏莎行·家苑

清平乐·四月风光

阮郎归·四月暮云

西江月·关外初夏

一丛花·夏花

四季歌（四首）

咏风（四首）

绿城冬月
三九蓝湾（新韵）
二月二
归程
相见欢·对饮白云享安楼
满江红·手机
梅花引·夜市
眼儿媚·抒怀
行香子·网通
忆江南·阳澄蟹
渔家傲·夜瀑
苏幕遮·航飞
卜算子·琼崖冬
归自谣·渔归
殿前欢·墅苑
卜算子·海口冬
调笑令·冬月
唐多令·晚归

赞天使

突发疾疼大汗流，急求医护瞬时救。

全方岗位匆忙工，天使白衣真颖秀。

赶路

晨起披星忙洗漱，急危会诊必须临。

车流炫耀望前路，电话催询能否寻。

踏晨

晨旭轻岚虹彩妆，踏游欣逸奔东方。

鹊飞顶上点头叫，今日必逢勤事康。

夜读

昏照千行字，句蕴百度风。
数篇无落枕，夜静月当空。

海霞

红日西斜艳半天，带云彩练露羞颜。
巨波翻雪滩岩暗，鸥鸟飞梭画影娴。

鉴湖钓翁

风拂椰头扫宇明，乌云散尽碧空晴。
鉴湖滨岸垂鱼客，闭目沉思远故情。

冬闲

冷风踏雪赏颐园，青陌银湖素塔山。
冰索柳枝疏映彩，浅云空宇爽冬闲。

飞车海滨游

自驾海滨驰，涛声顺远随。
怡情追日月，天水醉人诗。

椰城江海岸[①]

夕照江头海接天，彩云奇幻漫无边。
轻歌慢步飞鸥啸，春燕嬉迎晚客船。

① 椰城：（海口）位于南渡江入海尽头。

梨园

凤梨花海剪新妆，晶白英容无极芳。
娇艳烟云奇锦绣，独吟风韵醉君香。

怜花

东风阵阵拂青杨，花雨纷纷落地荒。
来岁分明春绽艳，赋诗何必感悲伤。

东风无情

桃梨柳岸日间艳，花落黄昏幽径霙[①]。
莫怪玉园春景短，东风毕竟太无情。

① 霙：雪花。

新过隧道

驾过新隧意悠悠，眨眼穿通到北头。

记得往年回后苑，翻山越涧一天筹。

雨

连绵细雨喜还忧？

江溢河高舟涨流。

一种祈天风和雨，

北苗滋润稻南愁。

喜鹊

点头翘尾柳枝耀，报喜窗前晨起跳。
远客风光准时至，高飞欢舞乐逍遥。

四月风

杨梢和意摇，柳絮遍游飘。
西阁传筝韵，悠柔致九霄。

无题

春尽天高远岭晖，花残荫重碧湖微。
云烟往事随波去，诗赋风华逸韵飞。

山河颂

东风浩荡万峰延，缥缈祥云穹宇天。
吾驾轻车欣逸致，碧川绿水月孤悬。

静园

艳阳风静园林寂，杨叶槐枝竞逐逍。
都说此时诗意浅，晚霞彩照已填娇。

问雷

三月仲春桃李艳，东风突起气昏寒。
乌云悄问雷公断，细雨能摧百卉残？

沙尘暴

晨旭妆梳岭色新，花香鸟语物华春。
无端西袭风沙起，天地昏黄满目尘。

仰月

昂然闭目临窗怅，寂静楼台月色凉。
思绪飞驰今往事，清风悠荡夜空长。

夏日临窗

明媚阳台斜日照，临栏闲坐茗茶香。
楼前绿木风波荡，信鸽今时响空长。

信步柳岸

暇日徜徉烟柳岸，湖波漪涣彩云天。
远山妆剪风岚翠，双燕嬉空百卉妍。

月夜

夜空寂静忆童秋，晚读星光暗发愁。
借月登高抬目望，白云山上白云楼。

柳岸清荷

柳岸晴川水碧流，扁舟轻荡玉箫悠。
掉头穿越西堤堰，又见清荷一片稠。

夕阳西霞

西阳斜照染云红，晚暮天边霓彩虹。
如此霞光如此艳，醉痴多少赋诗翁。

暑热冷饮

朝朝暮暮热风匀，快递归来送冷醇。
如此闷烦如此待，暑天心静脑清新。

大湖美食岸灯映

彩塑星辰烁水旁，碧林幽径雅音扬。
客舟倩影欢愉笑，月皓清醇百味香。

白云悠悠

碧穹万里荡悠悠，东北南西无所求。
瞻望风和波浪静，笑谈日丽月光幽。
祁连闲检千年雪，琼海时观百世丘。
喜择佳期心旷逸，漫空聚友润寰球。

寄语晚辈

清新宁静客房雅，孙辈乐享书桌吧。
凝注国文诗语苑，聚精数字减乘加。
老师网教孜无倦，学子虔诚神不差。
须得少年勤苦读，韶华立业献中华。

共话高考后

暑夏艳阳高宇叟，万千英少考场竞。

寒窗十载险和艰，父母百难苦与挣。

理想实时诚可嘉，国家需要情更圣。

复兴浩瀚广通途，每颗螺丝皆盛敬。

暑夏闲步

暑夏潮蒸闷，前坡绿荫丰。

池荷羞涩闭，埂叶翠翘筒。

深壑溪流浅，高天碧宇空。

西窗传琴韵，顿觉爽清风。

深夜静读

夜深孤照榻前芒，醉品趣章梦景场。
锦字悠悠奇幻远，月华静静冥思长。
微风帘动惊涛涌，久视睛花闭目仰。
往事峥嵘忆无倦，暮年幸享太平祥。

无题

岁月蹉跎流水长，人生起伏苦匆忙。
昨时春盛创优路，今夕鬓霜雅室凉。
仰望高天空际深，闭睛沉静养颐堂。
纵观世界风云变，正义驱妖泰吉祥。

绿城冬月

皎月静空闲，柔光洒镇湾。
朔风千里远，雪盖万层山。
琼海椰林暖，绿城梅苑间。
南来渡冬众，逸享玉波环。

三九蓝湾（新韵）

信步赏蓝湾，青萍翠却蔫。
椰梢苍影苑，梅彩灿英丹。
三九正冰凛，凉风刺骨寒。
树花凋敝谢，天碧少云团。

二月二

二月春风暖日升，巨龙东极再飞腾。
惊雷唤醒桃花绽，细雨滋腴翠草兴。
千里山川农牧碌，万流江海鼓帆承。
神州处处云霞绮，华夏新航宏定胜。

归程

晨清鲜妙归程行，晓旭东升天海红。
远眺青峦连翠婉，侧光百卉绘妍虹。
山河锦绣晴空昊，心旷神怡情逸融。
谁说古稀无出院，飞车花道赋诗风。

相见欢·对饮白云享安楼

白云蓝蔚飘悠。碧空游。山郁水澄川秀、静清幽。

花榭锦。茶台饮。曲情柔。皓月悬空净谧、享安楼。

满江红·手机

精美轻灵，巧奇圣、融通天凌。宏网芯、亲朋直话，音容并屏。影视放纷微信畅，照相录景游娱盛。贯银行、贷付理财存，通商径。

宾服离，支付正。光闪递，多屏映。远程商事清，导航优行。科技顶尖融一体，序程新版更峰鼎。随身带、小件空云端，中华兴。

梅花引·夜市

灯光束。霓虹碌。街心畅舞音乐酷。路旁滩，楼上餐，烛红酒绿，人流轻舒欢。

闲生茶榭斟壶酒，亲友吧台参歌手。民歌扬，轻歌扬，群情熙攘，彻夜顺华昌。

眼儿媚·抒怀

炎暑黄昏沐风凉。鲜荷榭台旁。彩云西照，蝶飞鹊唱，斜鬓幽香。

卷书痴恋诗词藏。秦韵宋风廊。春桃冬雪，舒眉畅悦，玄月东方。

行香子·网通

天地高渊。万水千山。网罗通，恰似跟前。重洋远隔，共屏聊天。聚精新层，论新事，话新坛。

寻资问谏，商筹传单。闪平清，通快双端。无人驾驶，宇宙飞船。贯全民事，关民政，问民安。

忆江南·阳澄蟹

阳澄蟹，黄满味臻盈。秋暮膘肥金爪壮，亲朋乡友宴中盛。醇酒更增馨。

渔家傲·夜瀑

黑云低空重阴罩。电弧划过雷惊啸。雨骤风狂悬泻倒。橙警报。秋初雷瀑且防旱。

醒惊梦沉思杳杳。旷原麦浪随风敲。荡莲残荷倾折夭。阳艳照。雨晴虹彩多妍娇。

苏幕遮·航飞

透前窗，望广深。远极无边，脚下云波恁。跨越山川飞绣锦。仓客馨宁，茗鲜浓香品。

思幽幽，心意吟。研字斟词，尤苦描诗怎。高铁航飞私驾任。今世中华，盛世昌平甚。

卜算子·琼崖冬

椰羽扫天晴，海韵推浪涌。已沐寒冬三九风，处处琼花拥。

篱挂角梅[①]新，路侧芬芳弄。海泳观山品茗诗，浸享桑榆梦。

归自谣·渔归

天海线。极目夕阳霞彩炫。疍家[②]渔艇悠归岸。鱼虾奔跳仓储满。英姑[③]赞。鸥欢霓舞醇杯盏。

① 角梅：三角梅又叫叶子花、三角花或红花九重葛。

② 疍家：又称艇户，是广东、广西、福建、海南一带一种以船为家的渔民，世代以打鱼为生，而不在陆地上置业。

③ 英姑：指海边英姿飒爽的打鱼姑娘。

殿前欢·墅苑

草萍茵。翠枝镶饰绿椰翂。角梅娇艳蕉香润。天碧无云。

青檐白壁臻。阳亭论。诗赋词吟韵。清宁小院，逸享天伦。

卜算子·海口冬

晨起雾朦窗，赶路驱车往。一路青山绿水妆，百卉芬芳赏。

纵是冷冬临，风雪长城莽。海口花香彩蝶蜂，海宇云空旷。

调笑令·冬月

冬月。冬月。碧空高悬冷冽。竹影篱下雪飞。西楼窗前烛辉。辉烛，辉烛。静夜丹枫幽馥。

唐多令·晚归

傍晚海风悠。西空虹彩流。秀灯图，来往车舟。鸥搏暗空划激浪，凯歌唱，夜光幽。

林错影光投。万家灯火楼。喜颜来，家兴无忧。日积工忙舒晚睡，沉梦静，德康修。

鹧鸪天·风筝

三月春晴沐暖风。纸鸢腾起绣长虹。龙腾跃跃冲霄汉，凤舞翩翩画际空。

吟锦绣，颂康隆。君临北斗共妆穹。东风借势高升起，无限风光天海融。

踏莎行·家苑

苑内楼稀，幽池径曲。鲜花似锦芬芳扑。丁香紫李玉兰繁，路人止步熏香沐。

信步悠望，燕莺妙瀑。依轩静思风尘俗。花开花落又春终，秋妍冬瑞更馨馥。

清平乐·四月风光

春光旖旎。草翠山青岿。湖岸桃花馨蕊绮，水映奇云彩绘。

极目远眺登楼。和风细雨宾悠。斜照纸鸢飘带，烟丘卷菊忧愁。

阮郎归·四月暮云

夕阳虹霓彩妆山。花飘萍水边。柳丝杨絮空中旋。飞燕檐屋间。

清月皓，晚风烟。暮云晖照残。莫言今夜倒春寒。明晨艳牡丹。

西江月·关外初夏

关外夏阳来晚，东风稍不胜寒。天高路长浅云残。自驾轻车游远。

苍岭松槐新剪，深沟清涧楼丹。神州锦绣丽河山。假日欣怡走遍。

一丛花·夏花

京华夏日艳阳天。高宇白云闲。山川锦绣香波浪，黛山远，幻紫生烟。月季娇艳，蔷薇蔓绽，池碧粉荷鲜。

又观湖畔茂葵园。晖焕向阳丹。晨风轻吹蹁跹舞，嫩黄圈，漫极无边。少年风华，蝶飞蜂恋，绚烂爽心田。

四季歌（四首）

（一）春雨

春雨一宵百卉鲜，红黄粉绿满天烂。

校园学子朗声清，风暖韶华柳荫畔。

（二）夏风

朝日初升红满天，浩茫旷野麦香烟。
暑风闷热汗流雨，岸柳凉轩客苎扇。[①]

（三）秋月

皓月当空风静幽，精英鏖战技科楼。
龙芯数字航天梦，试问嫦娥可慕求？

（四）冬雪

苍莽山河雪絮飘，银装素裹玉波娆。
春风融灌千川绿，锦绣中华万里娇。

① 苎扇：苎麻做的扇子。

咏风（四首）

（一）春风

一夜春风大地醒，山坡河畔草芽青。

柳丝摇曳渐披绿，杏白桃红满目婷。

（二）暑风

夏时炎热汗流背，旷野金黄麦浪翠。

盼得暑风劲舞来，彩虹雨霁半天媚。

（三）秋风

九月秋清风晚凉，果瓜香远叶飘黄。

天高气爽游人赞，红映层峦遍岭岗。

（四）寒风

凛冽寒风云疾飞，满天飘雪远山霏。

千家万户迎新历，祈福神州更吉徽。

后记

我有一个习惯，完成一件事后心情总是忐忑不安，一方面高兴、满足，另一方面为下件事的开始忧心忡忡，也对给予我关心、帮助和支持的人们深感歉疚。《白云悠悠》终于有了成果，我原本是搞专业的，尝试诗词创作应该是一个大胆的初探，其间个人的辛苦自然难免，但是最后的完成肯定有许多人的关怀、帮助和付出。

首先我要真诚地感谢《环球经典文学》公众号的红玉主编。我们只是在网上不期而遇，然而她的热情帮助、耐心指教和认真改正，不仅给予我极大的鼓励和勇气，而且是我写作水平逐渐提高的主要源泉。她还在百忙中挥笔为本书赐序，这是我的莫大荣幸。其次我要感谢众多诗友们，每天拜读、学习他们的佳作，犹如绵绵细雨不断滋润我心中萌发的学写诗歌的青苗，使之茁壮成长，他们的关注、鼓励甚至纠错是我不断坚持的动力。当然我的家人和老同学、老朋友们从头到尾给予的支持、理解、鼓励和付出，也是我安心、集中精力跨行创作的保障。最后我要真诚地感谢东方出版社，当王学彦老师告诉我出版社通过了选题立项后我的心情很激动，我虽然主编过一些专业著作，但是文学类著作从未涉足，特别是古诗词，王学彦和李子昂编辑的精心编辑给这本诗词锦上添花，增添了许多光彩，更加使人赏心悦目。

对于一个向往未来，憧憬美好生活的人来说，一件事情的完成应该是新的开始。“幸福都是奋斗出来的”，随着国家日益强盛，更加美好生活的期待要我们不断地努力。生活对各年龄段的人们都是公平的，“莫道桑榆晚，为霞尚满天”，“崎岖匆漫人生途，痴梦鬓霜亦求奋”。打开我的笔记本，新的章节的空白页面展现在眼前，期待书写更加精彩的内容。

图书在版编目（CIP）数据

白云悠悠：达万明诗词集 / 达万明 著 . — 北京：东方出版社，2021.10
ISBN 978-7-5207-2039-7

Ⅰ. ①白… Ⅱ. ①达… Ⅲ. ①诗词—作品集—中国—当代 Ⅳ. ① I227

中国版本图书馆 CIP 数据核字（2021）第 195999 号

白云悠悠：达万明诗词集
（BAIYUN YOUYOU: DA WANMING SHICIJI）

作　　者：达万明
责任编辑：王学彦　李子昂
出　　版：东方出版社
发　　行：人民东方出版传媒有限公司
地　　址：北京市西城区北三环中路 6 号
邮　　编：100120
印　　刷：北京明恒达印务有限公司
版　　次：2021 年 10 月第 1 版
印　　次：2021 年 10 月第 1 次印刷
开　　本：660 毫米 ×960 毫米　1/16
印　　张：18.75
字　　数：44 千字
书　　号：ISBN 978-7-5207-2039-7
定　　价：68.00 元
发行电话：（010）85924663　85924644　85924641

如有印装质量问题，我社负责调换，请拨打电话：（010）85924602 85924603